1판 1쇄 찍음 2017년 3월 21일
1판 1쇄 펴냄 2017년 3월 28일

지은이 | 정사부
펴낸이 | 정 필
펴낸곳 | 도서출판 뿔미디어

편집장 | 문정흠
기획 · 편집 | 선우은지 · 한관희

출판등록 | 2002년 9월 11일 (제081-1-132호)
주소 | 경기도 부천시 원미구 소향로 17번길(두성프라자) 303호 (우) 14544
전화 | 032)651-6513 / 팩스 032)651-6094
E-mail | bbulmedia@hanmail.net
비북스 | http://www.b-books.co.kr

값 8,000원

ISBN 979-11-315-7713-4 04810
ISBN 979-11-315-7112-5 04810 (세트)

정사부 현대 판타지 장편 소설

Hunting Frontier

헌팅 프론티어

12

BBULMEDIA FANTASY STORY

뿔미디어

목차

Chapter 1

테스트

쿵! 쿵! 쿵!

커다랗고 웅장한 크기의 타이탄들이 줄지어 걸어가고 있었다.

붉은색, 파란색, 흰색의 페인트로 통일되게 페인팅을 한 16기의 타이탄이 4열 종대로 나란히 걷는 모습은 장관이었다.

와! 와!

타이탄이 넓은 평원을 향해 걸어가는 멋진 모습에 주변에서 구경하던 사람들이 크게 환호성을 질렀다.

환호성 속에서 타이탄들은 커다란 펜스가 쳐진 곳까지 빠르게 달려갔다.

한편에 있는 거대한 모니터 속에 그 모습이 비치고 있었다. 모니터를 들여다보는 사람들의 눈에는 긴장감이 흘렀다.

저 펜스의 용도를 익히 잘 알고 있기 때문이다.

긴장감이지만, 걱정보다는 기대심에서 우러나오는 흥분에 가까웠다.

[라이브 채널 UBS와 함께하고 계십니다. 곧 우리 기술로 개발한 세계 최초의 타이탄인 워리어가 중형 몬스터인 오거를 상대하는 모습을 보실 수 있습니다. 본 방송은 버거의 명가 맥거날드, 탄산음료 코쿠코라, 시그널 모터스… 세계 최고의 군수 복합기업 레기온 사의 제공으로 보내드립니다.]

아나운서의 멘트가 스피커를 통해 날아들었다.

관람석에 있던 사람들이 환호하며 모니터, 혹은 펜스가 있는 곳을 더 잘 보기 위해 목을 이리저리 빼 댔다.

레기온 사가 개발한 타이탄 공개 행사. 일반인들 역시 참여할 수 있는, 일종의 모터쇼였다.

이는 타이탄 제작사이자 미국 내 최고의 군수 기업체인 레기온 사와 미국 정부의 의견이 맞아 성사된 행사였다.

미국 정부는 얼마 전 끝난 제4차 몬스터 웨이브 때 입은 피해를 숨기고 국민의 시선을 다른 방향으로 돌릴 필요성을 느끼고, 때마침 타이탄이 개발되자 레기온 사에 먼저 연락을 취해왔다.

레기온 사 또한 괜히 이런 공개 행사까지 벌이고 있는 것은 아니었다.

최근 장시간 돈과 시간을 들여 개발한 신형 아머드 기어가 경쟁사의 선전으로 고전을 면치 못하여 판매가 부진했던 것이다.

레기온 사는 새롭게 타이탄을 개발하기 위해 소모한 예산과 차후 생산 예산을 확보하기 위해 홍보를 크게 해야 한다고 판단하고, 정부와 손을 잡아 일반에 대규모 선전을 하기로 결정한 것이다.

마치 연예인이 쇼케이스를 하는 것처럼 이런 대규모 행사장까지 설치해서 판을 크게 벌이는 데는 이런 뒷배경이 숨어 있었다.

축제 같은 분위기 속에서 사람들은 모두 흥분을 감추지 못했고, 가족이나 친구들끼리 모여 너도 나도 이곳을 찾았다.

얼굴에 성조기를 그려 넣은 사람이나, 주최 측에서 나눠 준 타이탄 얼굴 모양의 가면을 쓴 이들까지 보였다.

[타이탄 워리어에 탑승하고 있는 이들은 모두 여러분들도

잘 알고 계시는 세계 최고의 헌터 클랜, 어벤저스의 1번 대입니다. 네, 지금 막 척 노린 대장이 타이탄에 탑승하고 있습니다. 그리고 브루스 올린, 린드 마이어, 에단 호크, 마이크 마이어스, 바네사 윌리엄스, 가이 맥그리거⋯ 페인 스미스! 1호기부터 16호기까지 탑승이 끝났습니다.]

장내에 있는 아나운서는 마치 스포츠 경기장의 아나운서처럼 사람들의 흥미를 이끌어내는 고조된 말투로 열심히 펜스 앞의 상황을 중계하고 있었다.

사실 지금 마이크를 잡고 있는 아나운서는 스포츠 중계 아나운서가 맞았다.

레기온 사는 정부와 함께 이번 타이탄 홍보 방식을 논의했고, 유명한 격투기 중계 아나운서를 섭외하여 데려왔다.

그의 멘트를 들은 사람들은 흥미진진한 표정으로 눈을 초롱초롱 뜨고 전면의 모니터를 들여다보았다.

화면 가득히 보이는 타이탄과 관중 사이를 막고 있는 높은 전자 펜스, 그리고 그 너머로 펼쳐진 초지에 자리한 커다란 우리.

사람들은 조금 뒤 벌어질 몬스터와 타이탄의 결투를 기대하며 화면에 집중했다.

아나운서의 멘트가 멎고, 타이탄들이 모두 준비를 마쳤다. 관중들마저 조용해진 가운데 모두가 우리가 개방되어

헌터 프론티어

몬스터들이 뛰쳐나오는 것을 기다리고 있었다.

한편 타이탄에 탑승해 있는 타이탄 마스터들은 서로 긴장된 상태에서 통신을 하고 있었다.

— 대장, 정말로 이번 일만 마치면 이것들을 우리에게 준다고 한 거지?

8번 기에 탑승을 하고 있는 레오나 루이즈가 흥분된 목소리로 물었다. 같은 대 타이탄끼리 연결되어 있는 통신기에 의해 그녀의 목소리는 16기의 타이탄에 탑승한 모든 이들에게 전달되었다.

1번 대 대장인 척 노린이 담담한 표정으로 통신에 대답했다.

— 물론이다. 이번 시험만 끝나면 지금 탑승하고 있는 타이탄은 각자의 것이 될 것이다. 클랜장님의 허가도 받았어.

그러자 모든 대원들이 통신기를 통해 환호성을 질렀다.

— 예!

— 와우, 처음 들었을 때도 생각했지만 진짜 대박이네.

— 이 귀염둥이가 정말로 내 것이 된다니!

헌터가 된다는 것은 엄밀히 말해 커다란 돈을 벌기 위해 생명을 건 극한의 직업을 선택했다는 말이다.

더욱이 헌터로서 일반인들이 상상할 수 없는 초인적인 움직임을 보이기 위해서는 필수적인, 몬스터의 몸에서 나온 마정석을 정제하여 체내에 주입을 하는 것 자체도 무척이나 고통스러운 작업이다.

하지만 그런 위험이나 고통까지도 감수하는 이유는 바로 몬스터로 인해 대부분의 산업이 마비된 현재, 가장 많은 돈을 벌 수 있는 직업이기 때문이다.

부단한 노력으로 고위 헌터가 된 이들은 미국 내 최고의 헌터 클랜인 어벤저스에 가입을 하였다.

어벤저스의 시작은 몬스터로 인해 잃은 가족이나 동료들의 복수를 하기 위해 모인 소수의 헌터들이었다.

설립 목적이 그렇다 보니 어벤저스의 행동은 대형 헌터 클랜으로서는 무척이나 저돌적이고 또 맹목적이었다.

몬스터를 상대할 때면 누가 몬스터고 또 누가 헌터인지 알 수 없을 정도로 처절하고 악착같이 싸우기로 유명했다.

치열한 전투를 통해 어벤저스는 군 특수부대 출신의 헌터들로 이루어진 워리어스 클랜을 누르고 미국 최고의 헌터 클랜으로 성장했다.

미국은 강자에 대한 대접이 각별하다.

국내 최고의 헌터 클랜이 되니 당장 주변 사람들의 대우부터 차원이 달라졌다.

강하고 희귀한 몬스터들과 가장 많은 전투를 벌이는 어벤저스 클랜은 구하기 어려운 몬스터 부산물이나 고급 마정석을 다수 보유하고 있었다.

몬스터 관련 산업체들이 어벤저스에 다가왔고, 자신들이 생산하는 물품을 시험하고 싶어 하는 군수 복합체들이 먼저 손을 내밀었다.

여러 기업에서 손을 내밀고 관심을 보이니 가만있어도 어벤저스의 재정은 점점 풍족해졌다.

처음에는 몬스터에게 피해를 본 가족이나 친지들의 복수를 위해 시작했던 일이 막대한 돈과 권력이 되어 돌아온 것이다.

복수를 위해 생계도 뒤로하고 전장에 뛰어들었던 이들은 더욱 헌팅에 몸을 내던졌다.

복수도 하고 돈도 버는 일석이조의 효과를 가져 온다는 사실을 알게 되었기 때문이다.

그동안은 예산이 부족해 헌터들을 보호하는 데 많은 신경을 쓸 수 없었으나, 자금이 풍족해지자 점점 소속 헌터들의 안전에도 주의를 기울일 수 있었다.

어벤저스 클랜은 대몬스터 병기인 아머드 기어도 도입하고 각종 신무기들을 들여와 헌터들을 무장시켰다.

값비싼 최신 장비들을 들여오느라 많은 자금을 사용했지만 그 이상으로 기업들에서 후원 명목으로 많은 돈이 들어왔고, 어벤저스 클랜은 점점 더 발전했다.

그런데 몇 달 전, 귀가 솔깃한 제안 하나가 들어왔다.

다른 곳도 아니고 군과 가장 밀접한 관계를 맺고 있는 레기온 사에서 제안이 들어온 것이다.

대몬스터 병기인 아머드 기어를 능가하는 새로운 병기, 타이탄의 테스터를 선발해 보내달라는 것이었다.

그렇게만 해준다면 테스트에 참여한 이들에게 타이탄을 공급해 주겠다는 조건으로 말이다.

중국에서 처음 선보인 타이탄의 위용을 익히 아는 어벤저스 클랜의 클랜장과 많은 헌터들은 쌍수를 들고 환영했다.

많은 논의 끝에 클랜 최강의 조직인 1번 대가 테스터로 선발이 되었다.

어벤저스 클랜 최고의 실력과 실적을 가진 1번 대는 꽤 자신 있게 6개월간의 타이탄 테스트를 받기 위해 레기온 사로 이동했다.

지난 몇 달 동안 몬스터 헌팅도 나가지 못하고 레기온 사의 연구소 안에서 타이탄의 테스터로서 고생한 것을 생각하면 말도 안 나온다.

6개월간은 몬스터 사냥도 못하여 돈을 벌 수 없었지만, 그래도 타이탄이란 신무기의 테스트는 이들에게 고생과 동시에 기대감과 흥분을 가져다주었다.

겉모습만으로도 웅장함과 카리스마를 가진 타이탄은 아

머드 기어와는 완전히 달랐다.

운용 방식도 아예 차원을 달리했다.

그 때문에 초기에는 움직이는 데 무척이나 애를 먹었지만, 이제는 익숙해져 타이탄에 탑승하면 마음까지 편안했다.

금속으로 이루어진 것이고, 크기가 워낙 크다 보니 자신의 몸을 움직이는 것처럼 아주 자연스럽지는 않지만 아머드 기어에 비한다면 훨씬 더 편안하게 움직일 수 있었다.

마음만 먹는다면 아머드 기어 정도는 혼자서 열 기와도 싸워 이길 수 있을 것 같았다.

그만큼 타이탄의 움직임은 아머드 기어와 확연히 차이가 났다.

타이탄이 발휘하는 힘은 거의 아머드 기어의 다섯 배 이상이었다.

타이탄으로 기습을 한다면 아머드 기어는 아무것도 하지 못하고 한순간에 무력화될 것이다.

타이탄의 위력을 직접 테스트하며 몸으로 만끽한 1번 대의 헌터들은 처음 테스트에 들어가기 전 들었던 이야기를 다시 한 번 자신들의 대장인 척 노린에게 확답을 받고 기뻐하였다.

비록 6개월간 헌팅을 하지 못해 별다른 소득을 얻지는

못했지만 이 타이탄만 있다면 앞으로 6개월간 벌어들이지 못했던 돈 이상을 순식간에 벌어들일 수도 있었다.

그러니 테스터로서 들인 시간과 노력이 전혀 아깝지 않았다.

— 타이탄 마스터들은 모두 준비를 해주시기 바랍니다. 앞으로 10분 뒤 순차적으로 중(重)형 몬스터를 상대로 최종 테스트를 할 예정입니다.

스피커에서 준비를 하라는 지시가 들리고, 잡담을 하던 헌터들은 조용히 마음의 준비를 했다.

하지만 그 누구도 긴장을 하는 이는 없었다.

지난 6개월 내내 한 것이 바로 몬스터와의 실전이었다.

어느 정도 타이탄 운용에 익숙해지자 곧바로 몬스터와 실전 연습을 하며 테스트를 했던 것이다.

처음에는 소형 몬스터를 상대하는 것부터 시작해, 운용법을 점차 몸에 익혀 나가며 더 상대하기 까다롭고 어려운 몬스터와 맞붙는 식으로 난이도를 높여왔다.

중형 몬스터에서 중(重)형 몬스터로, 때로는 대형 몬스터까지도 상대를 했다.

물론 중(重)형이나 대형을 상대할 때는 여러 명이 조를 짜서 상대를 했지만, 보름 전부터는 중(重)형 몬스터 정도는 더 이상 여러 명이 상대할 필요도 없었다.

그만큼 그들의 타이탄 운용이 자연스러워졌기 때문이다.

타이탄 운용이 익숙해진 어벤저스 1번 대 대원들은 마치 비슷한 체격을 가진 상대와 대련을 하듯 일대일로도 가볍게 중(重)형 몬스터를 상대할 수 있었다.

그러니 오늘 테스트는 그동안 해온 일을 대중 앞에서 하는 것, 그 이상도 이하도 아니었다.

차이가 있다면 자신들과 타이탄의 명성이 올라갈 수 있도록 가능한 멋있고 화려하게 움직여야 한다는 것 정도. 그러니 긴장할 이유가 없었다.

그그그긍!

그들이 열을 맞춰 서 있는 곳에서부터 조금 떨어진 초원 위, 커다란 철제 우리의 입구가 개방되는 것이 보였다.

크워억!

우리의 입구가 열리기 무섭게 커다란 몬스터의 하울링이 울려 퍼졌다.

와아아!

와아!

몬스터의 분노 가득한 하울링으로 대지가 떨렸다. 모니터로 이를 지켜보던 사람들이 제각기 기다렸다는 듯 환호성을 질렀다.

그것이 화면 속 일이 아니라면, 안전장치 없이 이 모습을 보고 있다면 결코 이렇게 환호하고 있을 수는 없었을 것이다.

하지만 지금 분노의 고함을 지르고 있는 존재는 오늘 쇼의 구경거리 그 이상도 그 이하도 아니었다.

공포스러운 중형 몬스터의 모습에도 사람들은 기대 어린 눈으로 마치 영화나 콘서트를 볼 때와 같은 감각밖에는 느끼지 못했다. 물론 실제 전투이기에 그것보다 훨씬 박진감 넘치고 짜릿했지만 말이다.

[말씀드리는 순간, 막 케이지가 개방되었습니다. 처음 상대할 몬스터는 중(重)형 몬스터의 하나인 오거입니다. 그야말로 숲의 사냥꾼, 교활하고 강력한 힘을 가지고 있어 아머드 기어라고 해도 혼자서 상대할 수 없는 무시무시한 몬스터! 자, 이 오거를 상대할 헌터는 미국의 자존심, 지옥에서 돌아온 복수자! 어벤저스 클랜의 최정예 팀인 어벤저스 1번대 대원들입니다! 여러분, 멋진 전투를 보여줄 타이탄 마스터들에게 뜨거운 박수와 함성을 보내주시기 바랍니다!]

와! 와!

관객들 사이에는 'I Love Avengers' 라고 쓰인 플랜카드를 들고 있는 이들도 있었다.

"죽여라! 몬스터를 죽여라!"

그리고 일부 사람들은 몬스터에 대한 적개심을 여지없이

드러내며, 광분에 차 죽이라 외쳤다.

쿵! 쿵!

완전히 열린 철제 우리의 문 사이로 오거가 한 걸음, 한 걸음 모습을 드러냈다.

크워억!

자신을 가두던 철제 우리에서 나온 오거는 자신의 앞을 막고 서 있는 타이탄들을 그르릉거렸다.

하지만 조금 전 우리의 문이 열릴 때의 소리에 비해 어딘가 위축이 된 듯한 소리였다.

— 하하, 대장! 저놈, 우리를 보고 겁을 먹었나 본데요?

스피커를 통해 마이크 마이어스의 목소리가 들렸다.

아닌 게 아니라 방금 전 오거의 고함 소리는 어딘가 겁먹은 짐승이 자신의 두려움을 숨기기 위해 작위적으로 지르는 소리와 비슷했다.

— 누가 상대할래?

1번 대 대장인 척 노린은 그의 농담에 별로 반응을 하지 않고 담담히 누가 상대할 것인지만을 물었다.

— 전 그동안 오거를 많이 상대해 봐서 별로 생각 없습니다. 다른 사람에게 넘기겠습니다.

부대장인 브루스 올린의 말이 끝나기 무섭게, 5번 기에 타고 있는 바네사의 목소리가 들렸다.

— 대장! 저요, 제가 할래요.

— 네가 저놈을 상대하겠다고?

— 네, 저놈은 제 거예요. 완전히 묵사발을 내버릴 테니 걱정 마시라구요.

바네사는 마치 눈앞에 있는 오거가 동네를 돌아다니는 길 고양이인 것처럼 가볍게 부르며 누구라도 자신의 것을 넘보면 가만두지 않겠다는 듯 말했다.

그러자 다른 팀원들도 선선히 통신을 통해 긍정해 왔다.

— 그래, 바네사가 한다면.

— 나도. 바네사에게 맡길게.

— 그래, 네가 잡아라.

1번 대의 대원들은 바네사가 무엇 때문에 오거에 저리 집착을 하는지 잘 알고 있었다. 바네사가 탄 5호기가 앞으로 움직이자, 다른 15기의 타이탄이 뒤쪽으로 한 걸음 물러섰다.

앞으로 나와 오거를 마주 본 바네사는 입가에 차가운 미소를 지으며 오거를 노려보았다.

'죽여 버릴 거야.'

— 시작하십시오.

곧 준비가 끝났다고 판단한 주최 측으로부터 시작 사인이 떨어졌다.

─ 5호기, 출격!

구궁! 쿵!

척 노린이 사인을 받고 출격 명령을 내리자, 앞쪽으로 한 걸음 나와 있던 바네사는 곧장 타이탄을 기동해 망설임도 없이 오거가 있는 전방으로 쏜살같이 뛰어나갔다.

쿵! 쿵! 쿵! 쿵!

바네사는 달려가면서 왼손에 들고 있는 방패 안쪽으로 들고 있던 철퇴를 빼들고, 전방에 있는 오거를 향해 일직선으로 달려갔다.

바네사가 타이탄을 타고 달려오자 우리를 나온 오거도 바네사를 향해 움직이기 시작했다.

그워억!

오거는 고개를 이리저리 움직이며 당황한 듯 주춤거리고 있었다.

도열해 있던 거대한 타이탄들 중 한 기만이 달려오고 있는 건 다행한 일이지만, 아무리 둘러봐도 주변엔 무기가 될 만한 것들이 보이지 않았다. 행사장은 아무것도 없는 텅 빈 개활지일 뿐이었다.

보이는 것이라고는 자신을 가두던 철제 케이지뿐.

결국 오거는 아무것도 들지 않은 맨손으로 그저 고함을 지르며 바네사의 타이탄을 맞이했다.

콰앙!

오거를 마주한 바네사가 달려온 속도 그대로 들고 있던 철퇴를 휘두르며 오거와 부딪쳤다.

바네사가 들고 있는 철퇴는 영어로 모닝 스타라고도 하는데, 일반적으로 긴 막대기에 둥근 공 모양 철구가 붙어 있는 형태를 가지고 있다.

하지만 지금 바네사가 들고 있는 철퇴는 이런 형태의 것이 아니었다. 쇠사슬과 철구가 연결이 되어 있는 형태로, 바네사는 돌진하면서 철구를 허공에 빙글빙글 돌리며 접근하여 그대로 오거를 향해 휘두른 것이다.

원심력에 의해 더욱 강해진 철퇴가 오거의 머리를 향해 빠르게 날아갔다.

하지만 바네사의 공격은 절반의 성공에 그치고 말았다.

바네사 쪽으로 오고 있던 오거가 육중한 생김새와는 달리 아주 날렵한 움직임으로 철퇴를 피한 것이다.

철퇴는 처음 노렸던 머리가 아닌, 오거의 오른쪽 어깨에 적중했다.

크아악!

비록 머리는 아니지만 어깨에 철퇴를 맞은 오거는 고통스러운 비명을 질렀다. 철퇴에 맞은 어깨는 반쯤 뭉개져 있었다. 아무래도 이제 오른팔을 쓰지 못하리라.

헌팅 프론티어

와! 와!

화면을 통해 그 모습을 전부 목격한 사람들이 흥분하여 목소리를 높였다. 넓은 행사장 전체가 울릴 정도였다.

중갑을 입은 거인처럼 보이는 타이탄이 오거를 상대하는 모습은 마치 중세 기사가 괴물을 무찌르는 모습처럼 보였던 것이다.

인간을 위협하는 몬스터에 맞서는 강력한 기사! 그 화려한 모습을 본 사람들은 저마다 가슴속에서 끓어오르는 웅심을 느꼈다.

쾅! 퍽! 쾅! 퍽!

일진일퇴가 이루어지며 바네사가 탄 타이탄과 오거가 공격을 주거니 받거니 하며 서로의 몸을 가격했다.

하지만 점점 상처가 늘어가는 오거에 비해, 아무리 오거가 공격을 해도 바네사가 타고 있는 타이탄은 끄떡없었다.

아무리 힘이 강력한 오거라 해도 통짜 특수 합금으로 이루어진 타이탄의 몸체 안에 탑승을 한 바네사에게 타격을 주는 것은 불가능했다.

휘이익!

퍽!

꾸왁!

거대한 검이 오거를 내리쳤다. 육중한 무게의 검은 베었다기보다 후려치듯 오거를 스치고 지나갔다.

오거가 고통스러운 비명을 지르며 비틀거렸다.

쾅!

대검을 쥔 타이탄이 중심을 잃고 휘청이는 오거의 왼쪽으로 돌았다.

그러고는 그 원심력을 이용해 대검을 휘둘러 오거의 허리를 쓸었다.

휘이익!

삭!

조금 전과는 다르게 무척이나 예리한 절삭음이 들리고, 육중한 오거의 허리가 분리되며 바닥으로 주저앉았다.

끄억!

상체와 하체가 분리된 오거는 너무도 순식간에 벌어진 일이라 제 상태를 인지하지 못한 채 고통으로 비명을 지를 뿐이었다.

하지만 그것도 잠시. 타이탄은 땅바닥에 떨어진 오거에게 다가가 들고 있던 대검으로 그대로 머리를 찍어버렸다.

퍽!

오거 한 마리가 숨이 끊어진 것은 그야말로 순식간이었다.

쿵! 쿵! 쿵!

— 수고하셨습니다. 복귀하세요.

정진은 이정진이 탑승한 타이탄에 그렇게 무전을 날리고, 조금 전 촬영한 영상을 확대해 들여다보았다.

이정진이 방금 전 운용한 타이탄은 그가 아공간에서 꺼내 놓았던 프로토 타입 타이탄이 아닌 오래전 아케인 왕국이 공식 생산한 워리어급 타이탄, 월로드였다.

정진이 월로드를 만들 생각을 한 이유는 그것이 바로 자신이 처음으로 접한 타이탄이었다는 것도 있지만, 우선 월로드가 지방 영지의 기사단도 사용할 수 있을 정도로 안정성이 확인된 기종이기 때문이었다.

비록 자신이 보유한 프로토 타입 타이탄들에 비해 성능이 상당히 떨어지긴 하지만, 정진이 생각하기에 타이탄이 갖춰야 할 가장 중요한 조건은 강력한 화력도, 내구성도 아니었다.

그가 가장 우선으로 생각하고 있는 것은 바로 안전성과 신뢰성이었다.

특히나 타이탄처럼 사람이 탑승을 하는 형태의 병기라면 더욱 그러하다.

아무리 화력이 막강해도 탑승자의 안전에 문제가 있다면 그 병기는 사용하면 안 되는 불량품인 것이다.

그런 관점에서 정진은 프로토 타입 타이탄들은 아직 여러모로 부족하다고 판단했다.

정진이 이미 중국에서 실전을 통해 검증이 된 월로드를 선택한 것은 바로 그 때문이었다.

실물을 갖고 있지 않았지만, 로난이 월로드의 설계를 알고 있기에 만드는 것은 별로 어렵지 않았다.

다만 타이탄 생산 설비를 지구가 아닌 뉴 어스 아케인 아카데미 안에 설치하는 과정이 어려웠다.

타이탄은 우선 크기만 10m에 이르는 커다란 물체다.

그러한 타이탄을 생산하기 위해선 상당한 넓이의 공간이 필요했다.

물론 아케인 아카데미에는 타이탄 생산 설비를 가져다 설치할 여유 공간이 많았지만, 생산 설비를 어떻게 뉴 어스로 들여오는가가 문제였다.

다행히 그 문제는 헌터 협회 회장인 이기동을 통해 헌터 관리청의 협조를 받아 처리하였다.

물론 그 과정에서 이전 아티팩트나 포션 판매처럼 타이탄이 개발되면 판매 대행을 맡기기로 계약을 하고 도움을 받았다.

정진이 이기동의 그런 부탁을 들어준 데에는, 그러는 편이 직접 생산해 판매를 하는 것보다 잡음이 적을 것이라 판단했기 때문이다.

어차피 자신이 타이탄을 생산한다면 정부에서는 그것을 포션 이상의 전략물자로 지정할 것이 분명했다.

지난 4차 몬스터 웨이브가 끝난 이후, 중국이 타이탄에 대해 대대적인 홍보를 함으로써 대한민국 정부도 타이탄의 효용성을 알게 되었다.

예전 노태 클랜에서 타이탄을 발굴했을 당시만 해도 그것을 어떻게 사용해야 할지 몰라 그냥 외국에 판매를 하였지만, 지금은 아니다.

타이탄이 개발되기만 한다면 아머드 기어 열 기, 스무 기가 문제가 아니었다.

더욱이 정진이 개발에 성공하여 국내에서 생산할 수 있다면 타이탄으로 지금의 아머드 기어 부대를 대체할 수도 있었다.

그렇게 된다면 더 이상 몬스터 웨이브는 재앙이라 불리지 않을 것이다.

아니, 그렇게 된다면 마정석을 쉽게 대량으로 얻을 수 있는 수확철, 축복이라 할 수도 있었다.

정부는 정진이 헌터 협회를 통해 중장비를 뉴 어스로 이

동시킬 때, 조사를 통해 정진이 타이탄을 개발하려 한다는 것을 알게 되었다.

물론 정부에서 이러한 사실을 알게 된 것은 정부의 정보 수집 능력이 뛰어나서 알아냈다기보단, 정진이 일부러 적당한 정보를 흘렸기 때문이었다.

정진은 어설프게 정보를 숨기기만 하면 정부 측에서 오히려 의심을 하며 추적해 올 것이라고 판단했다. 괜히 조금도 새어 나가지 않도록 신경을 곤두세우며 체력을 낭비하는 것보다, 정부에서 어느 정도 만족할 만큼 적당히 미끼를 주어 눈길을 돌리는 것이 낫다.

그렇다고 아케인 아카데미에 들여놓은 설비가 본격적으로 타이탄을 생산하기 위한 시설은 아니었다.

정진은 일단 작은 규모로 타이탄을 만들어 간단히 실험을 하기 위한 최소한의 설비를 마련했다.

극비 사항인 만큼, 정진은 함께 타이탄 연구에 참여할 두 동생과 얼마 전 막내 정수와 결혼한 수연, 그리고 아케인 클랜의 핵심 간부들인 이정진, 김지웅, 강진성, 강현성, 그리고 류재욱 정도에게만 이 계획에 대해 설명해 주었다.

동생들인 정은과 정수, 그리고 이수연의 경우 로난과 정진이 타이탄 연구를 하는 데 있어 도움을 줄 수 있는 지구상 유일한 존재들이기에 협조를 위해서라도 말해야만 했다.

다른 사람들 역시 아케인 클랜의 핵심 멤버이고, 타이탄을 테스트해 줄 마스터 또한 필요하니 반드시 알아야 한다.

그 외에는 간부들에게도 타이탄에 관한 것은 비밀에 붙였다.

비밀이란 두 사람만 알아도 비밀이 아니다. 그만큼 비밀을 지키는 일은 어렵다는 뜻이다.

그런데 정진 본인까지 해서 아홉 명이나 되는 인원이 타이탄에 대해 알고 있다.

거기에 헌터 협회장인 이기동, 생산 시설을 뉴 어스에 가져가는 것을 허가한 헌터 관리청 청장과 정부 측 인사들까지 있다.

사실 정진도 어떻게 해야 할지 고민이 많았다.

헌터 관리청 청장에게만 알렸다고 해서 비밀을 지킬 수 있을 것인가 하는 의문이었다.

정진이 끝까지 망설인 것은 정치와 관련될 수밖에 없는 헌터 관리청 청장이 비밀을 지켜줄지에 대해서 스스로도 회의적이었기 때문이다.

그렇지만 알리지 않을 수 없었기에, 정진은 헌터 관리청 청장을 만나는 자리에서 자신의 계획을 알려줌과 동시에 최소한으로 아는 사람이 적었으면 한다는 당부를 했다.

또한 그 사실이 국익과 연관되는 일이기에 함부로 계획이

유출되었다가는 자칫 국가적인 손실을 가져올 수 있다는 점을 몇 번이고 상기시켰다.

헌터 관리청장인 박용욱도 정진의 말에 동의해 주었지만, 직속상관인 총리와 그 위의 대통령에게는 보고할 수밖에 없다고 입장을 밝히기도 했다.

정진은 보고를 할 때 하더라도, 상관에게 밝혀지면 안 될 비밀이라는 점을 주지시켜 달라고 다시 한 번 당부했다.

그렇게 어렵게 들여온 장비를 설치하여, 어느 정도 연구를 통해 월로드를 생산할 수 있었다.

그리고 로난에게 잔소리를 들으면서도 고집을 부려 만든 월로드는 정진이나 다른 사람들의 생각을 배신하지 않았다.

애초에 워리어급 타이탄은 지휘관용으로, 일반 기사가 아니라 기사단장 같은 지휘관을 위해 개발된 타이탄이라 그런지 생각보다 뛰어난 성능을 가지고 있었다.

타이탄 운용이 숙련이 된다면 지금까지 대몬스터 병기의 대명사였던 아머드 기어는 역사의 뒤안길로 사라질 것으로 예상될 정도로 차이가 났다.

"뉴스 영상으로만 봤던 것보다 더 대단한데?"

옆에서 송출되는 영상을 보던 김지웅도 눈을 동그랗게 뜨며 그렇게 중얼거렸다.

"내 건 언제 만들어지는 거야."

김지웅의 옆에서도 애달은 목소리가 들려왔다.

그 목소리의 주인공은 다름 아닌 아케인 클랜에서 아머드 기어를 운용하는 팀들을 총괄하는 류재욱이었다.

개인의 무력이 이미 아머드 기어를 상회하면서도, 류재욱은 끝까지 아머드 기어를 고집하고 있었다.

그는 예전부터 SF 애니메이션 마니아였다. 헌터가 되어서 아머드 기어 드라이버가 될 기회가 오자, 그는 망설임도 없이 아머드 기어에 올랐다.

그 때문에 불량한 헌터 클랜과 노예 계약을 하기도 했지만 후회는 없었다.

아머드 기어를 탑승하면 늘 꿈꾸던 애니메이션 속의 주인공이 된 듯한 느낌이 들었다. 불리한 계약 조항에 따라 제대로 된 대가를 받지 못하면서도 그는 부지런히 헌팅에 나갔다.

그러다 친구인 김지웅의 소개로 정진을 만나고, 당시에는 팀 아케인이었던 아케인 클랜에 합류하게 되었다.

마법사인 정진에 의해 매직 웨폰이 생겨나고, 매직 아머까지 전 클랜원에게 지급되면서 아케인 클랜 내에서는 아머드 기어 무용론이 나오기도 했다.

그도 그럴 것이 정진이 특별히 신경 써서 만든 매직 웨폰과 매직 아머만으로도 충분히 지금까지 아머드 기어가 맡고 있던 역할을 대체할 수 있었기 때문이다.

물론 중(重)형 이상의 몬스터를 잡을 경우 간혹 워낙 몬스터의 덩치가 커 상대하기 어려운 경우도 있었지만, 그 경우 역시 조금 번거로울 뿐이지 잡을 수 없는 것도 아니었다.

그러나 류재욱은 그런 말이 나오는 와중에도 끝까지 아머드 기어 드라이버라는 위치를 고수했다.

그리고 타이탄 이야기가 처음 나왔을 때, 자신이 기다리던 최종 병기가 바로 이것임을 직감했다.

타이탄이 움직이는 모습을 영상으로 지켜본 류재욱은 당장이라도 탑승하여 아머드 기어와 어떻게 다른지, 얼마나 더 좋은지 시험해 보고 싶었다.

정진은 발까지 동동 구르는 류재욱을 보며 미소 지었다.

"일단 월로드는 일반 헌터용으로 생산할 거고, 형님들은 저것보다 상위 등급인 나이트급 타이탄을 타시게 될 거예요."

우드득.

"저것보다 더 뛰어난 타이탄이 있다는 말이야?"

모니터 속으로 들어갈 듯 영상을 보고 있던 류재욱이 고개를 돌려 정진을 바라보았다. 다급하게 돌아본 탓에 목에서 험악한 소리가 났지만 신경도 쓰지 않는 듯했다.

"예, 전에 설명을 했던 것 같은데요. 다시 한 번 말씀드 릴게요."

정진이 어쩔 수 없다는 듯 고개를 저으며 타이탄의 등급 에 관해 다시 들려주었다.

"타이탄의 등급에는 가장 성능이 떨어지는 솔저급이 있 고, 그다음이 워리어급, 그보다 성능이 개선된 나이트급이 있고, 가장 높은 챔피언급이 있습니다. 그 위로 로드급이라 고 오래전 뉴 어스에 존재했던 전설의 타이탄이 있지만 그 것은 논외로 치면 총 4개의 등급이 있습니다."

정진의 설명이 모두 끝나자 자리에 있던 사람들의 눈이 커졌다.

타이탄에도 헌터처럼 등급이 나뉜다는 것에, 또 그 모든 타이탄들을 능가하는, 거기에 전설이라고까지 불리던 타이 탄이 있었다는 말에 놀란 것이다.

방금 전 오거를 상대한 타이탄도 깜짝 놀랄 정도로 엄청 난 위력을 보여주었는데, 더 뛰어난 등급의 타이탄이 위로 3단계나 있다니 믿기지 않았다.

[난 더 싸우고 싶다. 전투를 하면 내가 살아 있음을 느낄

수 있다. 그런데 왜 마스터인 너는 나를 거부하는가?
난…….]

한편 타이탄에 탑승해 있던 이정진은 오거와의 전투를 끝
내고 정진의 지시대로 임시 캠프로 돌아가려 했다.

하지만 타이탄의 에고인 그룸이 그러한 이정진의 뜻을 거
부하고 있었다.

처음 완성이 된 후 깨어났을 때, 그룸은 자신과 계약한
이정진의 명령에 무척이나 순종적으로 잘 따랐다.

하지만 몬스터를 대상으로 하는 실전 테스트가 시작되었
을 때, 그런 순종적인 모습은 사라지고 점점 자신의 의견을
주장하기 시작했다. 그리고 오늘에 와선 급기야 이정진의
명령을 거부하고 계속해서 몬스터와 싸움을 하겠다며 캠프
로 돌아가는 것을 거부하고 있는 것이다.

"그만!"

그렇지만 이미 정진에게 이야기를 들은 것이 있었기에,
이정진은 그러한 그룸의 주장을 단호하게 끊었다.

타이탄의 에고는 인공으로 만들어진 생명체와 다름없다.

처음 타이탄의 에고가 마스터의 도움으로 깨어나게 되면,
마치 갓난아이나 새끼 짐승처럼 아무런 지식이 없다. 때문
에 마스터를 자신의 주인으로 인식하고 지시에 잘 따른다.

하지만 마스터를 통해 세상을 알게 되고 학습하면서, 마

치 어린아이가 주관이 생기면서 고집을 피우기 시작하듯 마스터에 반항하는 시기가 도래하게 된다.

이때 만약 에고가 원하는 대로 계속 들어주게 되면, 타이탄 운용의 주도권은 타이탄의 에고에 넘어가 마스터는 그저 마력을 공급하는 부속으로 전락하고 만다.

이러한 이유로 정진은 첫 시제품인 그룸이 그러한 반응을 보일 때 절대로 에고의 말을 들어주지 말라고 미리 얘기를 해두었다.

거기에 설령 들어준다 하더라도 이정진은 지금 너무 피곤해서 빨리 캠프로 돌아가고 싶은 생각뿐이었다.

타이탄을 움직인다는 것은 결코 쉬운 일이 아니다.

마력을 계속해서 양손 끝에 연결된 컨트롤 볼에 불어 넣어 자신의 생각과 타이탄의 에고와 연결을 해야만 가능했다.

때문에 장시간 타이탄을 운용하는 것은 최강의 헌터인 이정진에게도 무척이나 고역이었다.

축적한 마력은 아직 남아 있지만, 정신적으로 피곤해서 더 이상 타이탄을 운용할 수가 없었다.

그럼에도 타이탄의 에고인 그룸은 마스터인 이정진의 상태는 고려하지 않고 전투를 지속하고 싶다고 떼를 쓰고 있는 것이다.

"더 이상 그렇게 고집을 피운다면 난 너와 계약을 해지하겠다."

이정진은 계속해서 버티고 있는 그룸에게 최후통첩을 하였다.

[알겠다. 더 이상 고집을 피우지 않겠다.]

그러자 그룸은 결국 고집을 꺾었다.

마스터인 이정진과 계약하고 난 뒤, 그룸은 주변에 마스터가 될 수 있는 조건을 갖춘 존재들이 아주 많다는 것을 확인할 수 있었다.

그럼에도 고집을 꺾은 것은, 계약할 의사가 있는 이들 중 이정진이 가장 강했기 때문이었다.

물론 그를 능가하는 사람이 있으나, 정진은 사전에 그룸에게 절대 자신과 계약하지 않을 것임을 몇 번이나 확인시켰다.

이정진보다 더 능력이 뛰어난 계약자가 있다면 두말하지 않고 해지할 수 있겠지만, 어디 가서 이정진 수준의 사람을 찾을 수 있겠는가.

그룸이 아무리 깨어난 지 얼마 되지 않은, 이제 첫 계약을 한 타이탄이라고는 하지만 그 역시 본능적으로 이러한 사실을 깨닫고 있었다.

"알았으면 어서 캠프로 가라."

이정진은 고개를 끄덕이고 얌전해진 그룸에게 명령했다.

이 정도의 단순한 명령은 마력을 공급하는 것만으로 그룸 스스로 행동할 수 있었으므로, 캠프에 도착할 때까지 더 이상 신경 쓰지 않아도 될 것이다.

이정진은 피곤한 눈을 감으며 몸을 늘어뜨렸다.

✝   ✝   ✝

철커덩!

"수고하셨어요."

"형님, 고생하셨습니다."

이정진이 캠프로 들어서자 잡담을 하고 있던 이들이 자리에서 일어나 들어오는 이정진을 맞아주었다.

"아, 피곤하다."

"고생하셨어요."

털썩!

이정진이 텐트 한쪽에 마련된 의자에 몸을 묻듯 누이며 앓는 소리를 했다. 옆에 있던 김지웅이 웃으며 물을 건네주었다.

타이탄의 영상을 분석하고 있던 정진이 그쪽으로 다가왔다.

"형님, 뭔가 특이 사항은 없었습니까?"

뭔가 있었다는 걸 이미 안다는 듯 정진이 물었다. 이정진은 조금 전 자신의 지시에 반항을 하던 그룸의 상태를 떠올렸다.

"하, 그렇지 않아도 조금 전에 그룸이 전투가 끝났는데도 내 지시를 따르지 않고 더 전투를 이어가려고 하더라고."

이정진은 마치 전투에 중독된 듯한 행동을 보이던 그룸의 상태에 대해 정진에게 자세히 이야기해 주었다. 이야기를 들은 정진은 고개를 끄덕였다.

"잘하셨어요. 누가 주체인지 잊으면 안 됩니다."

그때, 옆에서 듣고 있던 김지웅이 고개를 갸웃거렸다.

"형님, 그런데 타이탄을 운용하는 것이 그렇게 힘들어요?"

아직까지 타이탄을 운용해 본 적이 없는 김지웅은 무엇 때문에 이정진이 저렇게 피곤해하는지 이해할 수가 없었다.

듣기론 컨트롤 볼에 양손을 올리고 마력을 운용하면서 어떻게 움직이고자 하는 생각만 하면 그대로 타이탄이 움직인다고 하였다.

그럼 의지와 생각만 있으면 운용할 수 있다는 건데, 왜 저렇게 피곤해하는지 잘 이해가 되지 않았다.

"움직이는 정도는 상관이 없어. 그런데 그게 전투라면 이야기가 달라지지."

"그렇군요."

이정진이 대답하자, 김지웅이 곧바로 이해했다는 듯 고개를 끄덕였다. 그도 헌터기 때문에 그냥 평소 움직이는 것과 전투 상황에서의 행동이 얼마나 다른지 잘 알고 있었다.

직접 몸을 움직이는 것도 전투 중에는 긴장과 스트레스 속에서 움직여야 하는데, 하물며 자신의 몸도 아니고 거대한 타이탄을 뜻대로 움직인다는 것이 쉽지 않을 것이다.

"제가 너무 단순하게 생각했네요."

"야, 몸으로 조작하는 아머드 기어도 장시간 운용을 하려면 상당히 피곤해지잖아. 하물며 마력 컨트롤하랴, 에고 컨트롤하랴, 얼마나 피곤하시겠냐?"

어느새 다가온 류재욱이 김지웅을 타박했다. 김지웅은 멋쩍어하며 뒷머리를 긁적였다.

"내가 그런 것까지 알았겠냐? 그냥 전에 들었던 것이 생각나서 여쭤본 거지."

물을 다 마신 이정진이 빈 페트병을 테이블에 내려놓으며 정진에게 말했다.

"일단 저것을 양산하려면 에고의 수준부터 좀 낮춰야 할 것 같다."

하지만 정진은 그런 이정진의 말에 동의하지 않았다.

"그렇게 되면 타이탄의 등급이 떨어져 성능을 낼 수가 없어요."

타이탄의 등급은 단순하게 심장인 엑시온의 출력이 높다고 해서 오르지 않는다.

정진은 엑시온의 출력과 그것을 운용하는 에고의 자존감이 딱 맞아떨어져야 비로소 최고의 성능을 낼 수 있다고 결론을 내렸다.

출력만 높다고 솔저급 에고를 가진 타이탄이 워리어급이 되지는 않는다.

에고 등급이 낮으면 엑시온이 낼 수 있는 마력 또한 낮아지므로, 엑시온의 출력을 높이는 것이 곧 에고의 등급을 높이는 것과 같았다.

엑시온의 출력이 높다면, 타이탄의 에고도 그만큼 자아가 확실한 타이탄이 되는 것이다.

"조금만 연구를 더 하면 지금 시험을 하는 월로드보다 더 상위의 타이탄을 만들 수 있어요. 그리고 저희 클랜에는 뛰어난 헌터들이 아주 많구요."

정진은 언제나 헌터들의 기준은 바로 아케인 클랜에 소속된 헌터들이다.

자신이 만드는 모든 것은 자신의 가족이나 마찬가지인 아케인 클랜원 모두가 누릴 것이며, 또 다 함께 지켜나갈 것이다.

아케인 클랜의 헌터들은 최고의 것만 가져야 한다. 정진은 자신이 만들어낼 수 있는 최고의 타이탄을 클랜원들에게 제공할 생각이었다.

부클랜장인 이정진에게도 지금 그가 테스트한 워리어급이 아닌 그 윗 등급인 나이트급의 타이탄을 지급할 계획이었다.

지금의 워리어급 타이탄 역시 솔저급 타이탄들을 지휘하기 위해 만들어진 만큼 아주 강력하지만, 아직 부족한 것이 너무도 많았다.

나이트급 타이탄이라면 워리어급으로 부족한 것들을 채울 수 있을 것이다.

이정진의 실력이라면 충분히 나이트급 타이탄의 에고도 굴복을 시킬 것이고, 이정진이 지금보다 더 실력을 쌓아 헌터 등급으로 1급, 로난이 말한 아케인 왕국 기사 기준으로 마스터의 실력이 된다면 그 위의 챔피온급 타이탄까지 만들 생각을 하고 있었다. 아니, 굳이 새로 챔피온급을 만들지 않더라도 로난이 아케인 왕국 마법사들과 합작으로 만들었던 프로토 타입 타이탄을 주어도 될 것이다.

마스터급 정도 되는 실력이라면 충분히 타이탄이 폭주를

하더라도 마력을 제어할 수 있기 때문이다.

하지만 조금 전 이정진이 하는 말도 어느 정도 일리가 있었다. 무엇보다 실제 탑승자인 이정진의 의견은 아주 중요했다.

정진은 이정진과 더 대화를 나눠봐야 할 것 같다고 생각하며, 일단 이정진이 휴식을 취할 수 있도록 자리를 피해주었다.

Chapter 2
타이탄의 제식화

　노태 그룹 사장단 회의가 벌어지는 본사 대회의실.

　안에는 그룹 회장인 노태규 회장을 비롯해 부회장과 각 계열사 사장들은 물론이고, 노태 그룹을 이끌어가는 핵심 지도부 40여 명이 모여 회의를 하고 있었다.

　하지만 회의장 분위기는 대체적으로 좋지 못했다.

　명색이 대한민국에서 손에 꼽힐 정도의 대기업인 노태 그 룹이지만, 이번 실적이 다른 기업들에 비해 눈에 띄게 저조 했기 때문이다.

　이번 분기 실적이 너무 안 좋았던 탓에 재계 서열까지 떨 어졌다.

1~2단계도 아니고 무려 3위나 떨어져 간신히 10대 그룹 안에 머물게 되고 말았다.

이렇게나 재계 서열과 영업 이익이 떨어진 데에는 몇 가지 요인이 있었다.

이번 몬스터 웨이브 이후 시작된 국토 개발 사업에 다른 기업들은 적어도 두세 개, 많게는 대여섯 개의 계열사가 뛰어들었다.

하지만 노태 그룹은 이러한 대규모 사업에 간신히 하나의 계약만 따올 수 있었다.

그것도 건설사였기에 참여할 수 있었지, 만약 건설사를 가지고 있지 않았다면 단 한 개의 계열사도 이 사업에 참여할 수 없었을 것이다.

몬스터 웨이브가 끝난 이후, 한반도에서는 몬스터의 그림자도 찾아볼 수 없게 되었다.

이는 대한민국 국군을 비롯한 수많은 헌터들이 헌터 협회와 혼연일체가 되어 몬스터를 모두 몰아내는 데 성공했기 때문이다. 특히 천지사방이 몬스터였던 이북 지역을 완전히 수복한 것이 컸다.

몬스터를 모두 몰아내는 데 성공하자, 대한민국은 당당히 한반도 통일을 이룩했음을 만방에 선언하였다.

그뿐만이 아니었다. 정부는 눈부신 속도로 이북 지역을

개발하기 시작했다.

그리고 이북 지역에 건설된 신도시의 뛰어난 안전성을 선전하며, 이미 완전히 포화 상태인 남한 인구를 이주시키기 시작했다.

몬스터를 몰아내고 수복한 그 땅에 신도시를 건설하고 포화 상태인 남쪽 인구를 이주시키기 시작했다.

이북 지역에 건설한 신도시에 이주를 하는 사람들에게는 이주비용을 지원하는가 하면, 돈이 없어 아직까지 자신의 집을 가지지 못한 국민들에게 내 집 마련의 꿈을 실현시켜 주기 위해 장기 저리로 주택 담보 대출을 해주었다.

혜택 범위 역시 개인에 한정되어 있지 않았다. 신도시에 입주하는 기업에도 혜택을 주었는데, 바로 세금 감면 혜택이었다.

정부에서는 이북에 건설한 신도시로 이주를 하는 기업에 한해 3년간 30%의 세금 감면 혜택을 주겠다고 공표했다.

물론 아무런 대책 없이 세금을 감면해 주면 그만큼 세수가 줄어들어 국가 운영이 불안해질 수도 있다. 하지만 현재 정부로서는 세금을 조금 적게 거둬들이더라도 전혀 문제가 없었다.

지난 제4차 몬스터 웨이브를 작은 피해로, 아니, 아주 미미한 수준으로 막아내면서 많은 예산이 절감되었다. 그보다 더 대단한 것은 그 과정에서 엄청난 몬스터 부산물을 얻었다는 사실이다.

너무도 많은 몬스터 부산물이 쏟아지면서 한때 몬스터 부산물 가격이 폭락했을 정도였다.

정부는 몬스터 웨이브를 통해 얻은 몬스터 부산물을 통해 대규모 사업을 벌이며 세금을 감면해 주더라도 여유가 있을 만큼 재정을 확보할 수 있었다.

국가 재정에 여유가 있는 만큼, 이북 지역은 물론 남쪽 지역도 개발이 덜 된 곳 위주로 다시 정비하기 시작했다.

이렇게 한반도 전체에 국토 개발 붐이 일면서, 많은 기업들이 정부의 지원을 받아 사업에 뛰어들어 돈을 벌고 있을 때, 노태 그룹은 건설사 하나를 빼고는 모조리 손가락만 빨고 있던 것이다.

그러니 실적이 떨어질 수밖에 없었다.

쾅!

사업 보고를 받던 노태규 회장은 화가 머리끝까지 나 테이블을 내려쳤다.

"지금 이걸 실적이라고 보고를 하나!"

노태규 회장은 기가 막힌다는 듯 책상에 놓여 있던 보고 자료를 홱 내팽개쳤다. 보고를 올린 노태 그룹 간부들과 각 사 사장들은 입이 열 개라도 할 말이 없었다.

특히 다른 기업들과 마찬가지로 정부의 국토 개발 사업에 참여한 노태 건설의 사장인 노인규는 고개를 들지 못했다.

그나마 어느 정도는 흑자를 낼 수 있을 거라 예상했으나 실적이 그리 좋지 않았다.

다른 그룹들은 이번 국토 개발 사업에 참여하자마자 500%, 600%의 실적을 내면서 그야말로 돈 잔치를 벌이고 있는데, 노인규가 맡고 있는 노태 건설에서는 겨우 50%의 이익을 낸 것이다.

"하지만 아버……."

"똑바로 안 해? 여기가 집이야, 회사야!"

여기 있는 사람들 중 그나마 이익을 낸 건 자신뿐인데 다짜고짜 화만 내니, 노인규의 표정도 그리 좋지 않았다.

다른 때 같으면 노태규의 불같은 호통에 기가 죽어 고개를 숙였겠지만 오늘은 그렇지 않았다.

"죄송합니다. 하지만 저도 할 만큼 했습니다."

"뭐야?"

노태규는 평소완 다르게 반발을 하는 장남 노인규의 모습에 당황하여 그를 쳐다보았다.

"이렇게 된 마당이니 저도 할 말은 해야겠습니다."

장남인 노인규는 평소와 다르게 굳은 표정으로 자신의 아버지를 쳐다보며 자리에서 일어섰다.

모두가 멍청히 노인규를 바라보는 가운데, 차남 노인수가 급히 노인규를 따라 일어서서 막아섰다.

　"형, 지금은 그럴 때가 아니잖아."

　"시끄러, 넌 가만있어 봐! 지금 회사가 어떻게 되고 있는 줄이나 알아?"

　노인규는 자신을 막아서는 동생을 밀치고 노태규를 똑바로 바라보며 외쳤다.

　"이게 다 아버지께서 잘못하셔서 이리된 것 아닙니까. 아무리 계열사에서 이익을 내면 뭐합니까? 다 저놈이 운영하는 회사로 넘어가지 않습니까!"

　노인규는 그동안 아버지인 노태규에게 소외받고 후계 구도에서 밀려, 좌천에 가깝게 노태 건설의 일을 맡아 다른 곳의 적자를 때우는 듯한 일을 하고 있는 것에 대한 불만을 여과 없이 쏟아냈다.

　비록 시의적절한 때와 장소라고는 할 수 없었지만, 그동안 동생인 노인수가 운영하는 노태 인더스트리보다 훨씬 많은 영업 이익을 거둬들였는데, 돌아오는 게 꾸지람뿐이라니 더 이상 참지 못하고 폭발한 것이다.

　"아머드 기어가 이익이 많이 남기는 합니다. 저도 압니다. 그래서 각 계열사의 이익금을 아머드 기어 개발을 위해 인수가 운영하는 인더스트리에 지원하는 것도 이해합니다.

저도 장기적으로 그게 좋다고는 생각한다구요. 하지만 그 때문에 영업 이익을 냈던 계열사들은 각자 재투자를 할 수가 없게 됐습니다. 그런데도 모든 일을 저희들의 실수라고 몰아가는 것은 잘못되었다고 생각합니다."

노인규가 속에 담아두고 있던 불만을 거침없이 쏟아내자, 듣고 있던 사장들 역시 노태규를 바라보았다. 분위기 때문에 바로 동조를 하지는 않았지만, 심적으로 그 말에 수긍을 하는지 살짝 고개를 끄덕이는 이들도 눈에 띄었다.

"결과적으로 개발에 성공해 이익을 내고 있잖아!"

주춤하던 노인수가 노인규를 붙잡으며 반박했지만, 노인규는 차가운 얼굴로 노인수의 손을 내치며 말했다.

"그래, 하지만 그게 얼마나 갈까?"

"얼마나 갈 거냐니, 그게 무슨 소리야?"

"뉴스도 안 봤냐? 중국에서 타이탄이 등장했다."

"그게 뭐! 어쨌다고!"

"아버지, 그게 어디서 나온 것인지는 굳이 말하지 않아도 아시겠죠."

노인규는 발악하듯 자신에게 달라붙는 노인수를 무시한 채 자신의 아버지인 노태규 회장을 똑바로 쳐다보았다.

어떻게든 비밀로 처리하기는 했지만 노인규는 알고 있었다.

경쟁자였던 막내 노인태가 던전을 발굴하면서 3기의 타이탄을 발굴했다는 것을 말이다.

하지만 공식적으로 발표된 것은 2기뿐이었다.

그리고 규정대로 정부에 1기, 노태 클랜에 1기가 돌아왔다.

노태 그룹은 그 1기를 그룹 차원에서 일본에 판매했다.

일본에 판매를 하면서 돈은 돈대로 벌고, 부수적으로 가지고 싶었던 구형 아머드 기어의 설계도를 입수할 수 있었다.

하지만 그 일로 인해 국민들에게 지탄을 받아야 했다.

다른 나라도 아니고 일본에 타이탄을 판매를 했다는 것이 이유였다. 노태 제품의 불매 운동이 잠깐 벌어지기도 했다.

그렇게 알려져 있지만, 실상은 세 기의 타이탄이 있었다.

정부가 가져간 한 기는 미국에, 노태 그룹이 보유하고 있던 것은 일본에 판매했다.

그렇다면 나머지 한 기는 어떻게 되었을까?

노인규는 뒤늦게 그것을 알아보기 시작했다.

혹시나 그것이 자신을 그룹 후계자가 되는 데 큰 힘이 될지도 모른다고 생각했기 때문이다.

경쟁자 중 한 명인 노인태를 낙마시킬 수 있다고 생각해 조사에 착수했건만, 그가 굳이 나설 필요도 없이 노인태가 제 스스로 후계 구도에서 떨어져 나갔다.

하지만 조사를 그만두지는 않았다. 왜냐하면 막내 노인태가 가지고 있던 사업이 또 하나의 경쟁자인 차남 노인수에게 넘어갔기 때문이다.

현대 산업에서 가장 중요한 사업 중 두 개가 노인수의 수중으로 떨어진 것이다.

비록 노인수에게 넘어간 노인태의 기업은 규모가 많이 축소가 된 상태였기 때문에 노인수가 운영하는 노태 인더스트리에 통합이 되었지만, 어찌 되었든 자신이 가진 노태 건설보다는 전도가 유망했다.

비록 그룹 사장이라는 직함을 가지고 있는 건 자신이지만, 이것은 별 소용이 없었다.

아직 그룹 회장인 아버지가 정정하니 사장이라 봐야 별다른 권한도 없는 자리다.

그러니 같은 계열사 사장이면서도 자신보다 더 자산 규모가 큰 노태 인더스트리와 노태 클랜을 가져간 노인수에 밀릴 수밖에 없었다.

노인규는 조사를 하던 중, 남은 한 기의 타이탄이 사라진 시점에서, 아버지인 노태규와 헌터 협회 부회장인 차현수가 접촉했다는 걸 알게 되었다.

그리고 차현수의 행적을 추적하며 조사하던 중, 중국에서 타이탄을 복원했다는 발표를 하자 확신할 수 있었다.

"중국의 타이탄이 어디서 나왔을까요?"

"너, 너너!"

노태규는 너무 놀라 뭐라 말을 하지 못하고 손가락질만 하였다. 그 모습에 지켜보던 사장단과 간부들은 혼란스러운 얼굴 한편에 의심이 떠올랐다.

노인규는 더욱 기세등등하게 외쳤다.

"어제 뉴스 보셨습니까? 미국발 토픽 뉴스로 레기온 사에서 신개념 대몬스터 병기를 개발했다는 소식 말입니다."

노태규는 물론, 노인수의 얼굴이 창백해졌다.

그들뿐만 아니라 회의에 참석하고 있는 많은 사람들의 표정도 마찬가지로 굳어졌다.

상용화할 수 있는 타이탄의 등장. 수많은 타이탄들과 중(重)형 몬스터인 오거를 상대로 전투를 벌이는 영상.

대규모 몬스터 무리와 다대다의 집단 전투를 벌이는 장면에서는 영상을 본 전 세계의 모든 이들이 충격을 받았다.

영상을 방송한 곳이 뉴스 전문 채널이 아니었다면 어쩌면 할리우드의 블록버스터 영화라고 생각했을지도 모를 만큼 엄청난 장면이었다.

강철로 이루어진 거인들이 흉악한 거대 몬스터 떼와 접전을 벌이는 모습은 일대일로 상대하던 것을 능가하는 엄청난 감흥을 불러일으켰다.

아머드 기어로는 절대 보여줄 수 없는 압도적인 모습에 노태 그룹의 일원들은 모두 충격을 받았다.

아나운서의 멘트들은 그동안 아머드 기어 개발에 총력을 기울인 노태 그룹 관계자들에게 더 큰 충격을 주었다.

[지금까지 대몬스터 병기의 꽃은 아머드 기어였습니다. 하지만 이제는 그 아머드 기어의 시대가 가고, 새로운 시대가 펼쳐질 것입니다. 인류를 지키는 든든한 방패이자 창인 타이탄의 시대가 말입니다. 이상 레기온 사 타이탄 개발 행사장에서, CMM의 린다 메리였습니다.]

당시 뉴스를 상기한 노인수의 인상이 보기 싫게 구겨졌다.

그건 직접적인 연관이 있는 노인수뿐만 아니라 아머드 기어 개발에 그룹의 역량을 총동원하도록 지시를 내렸던 노태규의 표정도 매한가지였다.

"그리고 저희가 정부가 발주한 국토 개발 사업에 참여를 하기 싫어서 영업을 안 한 것이 아닙니다."

이미 갈 데까지 갔다고 생각한 노인규는 더 이상 꺼릴 것이 없었다.

"정부가 발주한 국토 개발 사업의 주체가 어딘지 아십니까? 바로 아케인 클랜입니다. 우리 노태 그룹이 완전히 등을 돌린 아케인 말입니다."

노인규가 격앙된 얼굴로 테이블을 내려치며 외쳤다. 각사 사장들과 아버지가 있는 자리임을 생각하면 예의 없는 행동이었지만, 노인규의 말에 반박하는 사람은 아무도 없었다.

이 자리에 있는 사람 대부분이 알고 있는 사실이기 때문이다.

정부가 발주한 국토 개발의 핵심이 바로 아케인 클랜이 보유한 신개념 도시 방어 시스템이었다.

그러니 아케인 클랜과 척을 지고 있는 노태 그룹 계열사로서는 어떻게 비벼볼 여지가 없었다.

모든 건설사 중에서도 1군 기업에 속하는 노태 건설이지만 단 한 건도 수주를 받지 못했다.

모든 도시 건설은 성대 건설과 오성 건설, 그리고 신세기 건설이 도맡아 수주를 하였으며, 그 밑으로 여러 2군 기업이나 1군 기업들이 재하청 계약을 하여 이북 지역을 개발하였다.

그런데 어찌된 일인지 노태 건설은 매번 수주 계약에 탈락을 하였다.

이런 마당에 영업을 하여 50%의 영업 이익을 냈다는 것은 칭찬을 해줘야 마땅한 일이었다.

하지만 노태규는 그런 상황을 고려하지 않고 보고 자료상에 나타난 숫자만 보고 노인규를 꾸짖은 것이다.

✝   ✝   ✝

붉은색, 흰색, 파란색의 삼색으로 페인팅한 타이탄들이 2열 횡대로 늘어서 있었다.

전열을 갖춘 타이탄 무리가 움직이기 시작한 것은 저편에서 몬스터 떼가 나타났을 때였다.

아무런 대형 없이 달려오는 몬스터 떼에 비해 타이탄들의 움직임은 전술에 입각한 형태였다.

가장 가운데 달리던 타이탄을 선두로 모든 타이탄들이 쐐기 형태의 진형을 갖추며 달렸다.

선두의 타이탄 뒤로 두 기, 3열에서는 세 기, 총 열다섯 기의 타이탄에 의한 5열의 진형이 만들어졌다.

쐐기 형태로 달리던 타이탄들은 달려드는 속도를 이용해 몬스터 떼의 안으로 파고들었다.

쾅! 쾅!

몬스터의 가운데로 들어간 타이탄들은 움직임을 멈추지

않고 계속해서 달리며, 자신의 앞을 막아서는 몬스터를 향해 주저 없이 들고 있던 무기를 휘두르며 앞으로 전진하였다.

자신이 공격한 몬스터가 죽었는지 살았는지 확인도 하지 않는다. 타이탄들은 그저 한 치의 망설임도 없이 앞으로 나아갔다.

그러한 움직임은 비단 앞 열에 있는 타이탄만 보이는 모습은 아니었다. 마지막 5열에 있는 타이탄들도 똑같은 속도로 이동하면서, 앞 열에서 완전히 처리되지 않은 몬스터를 마저 처리하며 달렸다.

얼마나 달렸을까, 몬스터의 무리를 가로지르며 통과를 했던 타이탄들은 다시 반대 방향으로 돌아 진영을 갖추더니 이번에는 조금 더 빠르게 달려 사선으로 몬스터 무리에 뛰어들었다.

이미 한 번 했던 일이라 더 쉽다. 타이탄들은 마치 기계처럼 움직이며 정확하게 수많은 몬스터 무리의 대열을 사선으로 가르며 지나갔다.

이렇게 수차례, 전후좌우 대각선으로 몬스터를 찢고 가르는 타이탄들의 공격에 그 많던 몬스터 떼는 곧 사분오열되었다.

급기야 공포를 모르는 존재라 알려진 몬스터가 타이탄들

의 모습에 겁을 먹고 전열을 이탈하는 사태까지 벌어졌다.

하지만 그조차 쉽지 않았다. 타이탄은 몬스터들의 움직임을 상회하는 기동성을 가지고 있었다.

타이탄에 탑승한 마스터의 마력이 모두 소진되지 않는 이상 타이탄의 움직임은 멈추지 않는다.

도망가는 몬스터의 뒤를 순식간에 뒤쫓아 온 타이탄들이 몬스터의 머리를 내려치는 것으로 끝장을 냈다.

쿵! 쿵! 쿵!

그 많던 몬스터를 모두 처리한 타이탄들이 하나둘 모여들며 다시 정렬했다.

그리고 타이탄들의 머리 위로 커다란 글자가 떠올랐다.

AVENGER.

웅장한 음악과 함께 타이탄들의 모습이 클로즈업되고, 점차 화면이 어두워지며 무수히 많은 영어 자막들이 올라가기 시작했다.

레기온 사에서 공개한 타이탄 어벤저의 광고였다.

한 편의 판타지 영화를 방불케 하는 이 광고 영상은 아래쪽에 작은 글씨로 방금 전 영상이 컴퓨터 그래픽으로 만들어진 것이 아닌, 뉴 어스에서 실제로 어벤저스 클랜이 타이탄을 운용해 몬스터를 상대로 집단전을 벌이는 장면을 편집한 영상이라는 것을 알리고 있었다.

이 영상은 그야말로 폭발적인 인기를 얻었다.

실제 영상이라는 사실 때문인지, 사람들은 레기온 사가 방출하는 이 타이탄 광고에 열광했고, 광고에서 타이탄을 탑승해 몬스터를 사냥하는 어벤저스 클랜이 마치 스포츠단인 것처럼 인식하며 응원하기 시작했다.

헌터가 이전에는 그저 돈을 많이 버는 직업이라고 막연히 인식되었던 것에 비해, 타이탄의 상용화와 함께 사람들의 인식에도 많은 변화가 있었다.

헌터는 이제 유명 스포츠 스타나 연예인처럼, 일반인들에게 각광받는 직업으로 자리매김했다.

또한 인류의 적인 몬스터를 상대한다는 점에서 경찰관이나 소방관처럼 존경까지 받게 되었다. 동시에 헌터가 되겠다고 지원하는 사람이 대폭 증가하게 되었다.

삑!

레기온 사의 광고 영상을 보던 정진은 TV를 끄고, 리모컨을 테이블에 내려놓은 뒤 거실로 나갔다.

거실을 지나 식당에 들어서니, 벌써 가족들은 모두 나와 자리에 앉아 있었다.

"늦어서 죄송합니다."

먼저 자리하고 있는 아버지의 모습을 확인한 정진은 얼른 자리에 앉으며 죄송하다는 말을 하였다.

"아니다. 어서 앉거라."

정진이 자리에 앉기 무섭게 가사 도우미들이 음식을 날라 오기 시작했다.

처음부터 가사도우미를 쓴 것은 아니지만, 지난 7년 동안 정진의 집은 많은 것이 바뀌었다.

가족들이 모두 헌터 관련 일을 하다 보니 가사 일을 할 사람이 없었다.

정은이 마법을 배우기 전에는 다른 가족들의 협조를 받으며 집안일을 꾸려 나갔지만, 정식으로 마법을 배우기 시작하면서 정은도 더는 바빠서 도저히 집안일을 할 시간이 없었다.

둘째인 정한과 막내 정수가 결혼하면서 식구도 늘어, 이제는 7명이나 되는 대가족이 살고 있으니 혼자 집안일을 하기도 어려웠다.

정은 또한 마법에 집중하고 싶은 마음에 가사 도우미를 들이자는 정진의 의견에 찬성했다.

그래서 집도 좀 더 큰 집으로 옮기고, 집안일을 도맡아 해줄 사람들도 여러 명 들이게 되었다.

가사 도우미 말고도 집이 워낙 크다 보니 정원을 가꾸는 정원사에 운전기사까지 있었다.

하지만 큰 집에서 호화로운 생활을 시작한 정진을 이상하게 여길 사람은 아무도 없었다.

정진이 바로 대한민국 최고의 헌터 클랜 중 하나인 아케인 클랜의 클랜장이고, 동생들도 모두 그곳의 간부였기 때문이다.

정진의 아버지인 정수현 또한 부상을 치료하고 몸이 건강해지자 다시 헌터 관련 일을 시작했다.

다만 이미 오랜 기간 몸을 움직이지 않은 관계로 일상생활에는 문제가 없지만, 몬스터를 사냥하는 일에는 참여할 수 없었다.

정수현은 예전 정진이 헌터가 되기 전 일꾼으로서 헌터들을 보조하는 일을 했던 것처럼, 이미 은퇴한 다른 헌터들을 모아 전문 포터 사업을 하기 시작하였다.

물론 정진의 도움이 있었는데, 초기에는 아케인 클랜에서 나오는 일을 도맡아했다. 그리고 점점 그 능력이 외부에 알려지면서 많은 헌터 클랜에서 정현수의 업체를 찾게 되었다.

더욱이 정진의 가족들은 자신들이 그랬던 것처럼 몬스터에 피해를 받은 사람들을 돕기 위해 많은 일을 하고 있었다.

전문 병원을 세우는 것은 물론이고, 한 부모 가족에 양육비를 지원하는 재단을 마련하기도 했다. 정진은 예전 자신이 얼마나 힘들고 어려웠는지를 잊지 않았다. 탁아소 운영에 직업 알선 등 그 사람들에게 꼭 필요할 자선사업을 진행하자, 오히려 인심을 많이 얻었다.

"형."

"응?"

"그 타이탄이란 것은 언제 완성이 되는 거야?"

밥을 먹던 정한이 정진을 돌아보며 물었다.

요즘 세간의 화제가 되는 것은 바로 타이탄이었다.

중국에서 스타트를 끊고, 이제는 바다를 건너 미국으로 넘어갔다.

더욱이 미국은 오리지널 타이탄을 복원하는 일 말고도 자체 개발한 타이탄을 공개하였고, 또 실제 전투 장면을 광고에 활용을 하면서 그 주가를 올리고 있었다.

그러니 정한도 관심을 가지지 않을 수 없었다. 형인 정진이 타이탄을 연구한다는 것을 알기에 진척 상황을 알고 싶은 것이다.

"개발이야 진즉 끝났지. 다만 조금 더 성능을 개량하기 위해 설계를 변경하고 있어."

대답은 의외로 조용히 밥을 먹고 있던 정수에게서 들려왔다.

정수 또한 마법사로서 정은과 자신의 부인인 수연과 함께 타이탄 개발에 동참을 하고 있었다. 그러니 정한의 질문에 답을 할 수 있는 것이다.

"그래?"

"응, 장인어른이나 지웅 아저씨, 재욱 아저씨가 프로토타입을 운용 중이셔."

"뭐?"

정한은 정수의 말을 듣고 고개를 돌려 정진을 돌아보았다.

"아니, 어떻게 그럴 수 있어! 명색이 동생인데 나한텐 말도 안 하고! 나도 타이탄 타고 싶다고!"

마치 좋아하는 장난감을 받지 못한 아이마냥 형인 정진을 향해 항의를 하는 정한이었다.

그런 남편의 모습에 정한의 부인은 어처구니없는 표정을 지어 보였다.

내일 모레면 서른인 남자가 마치 장난감을 사주지 않아 떼를 쓰는 아이처럼 징징거리는 모습에 기가 막힌 것이었다.

"아직 기본형을 선택하지 못해 그런 것이니 조금만 기다려."

"기본형?"

"응, 아직은 조금 더 여러 타입들을 시험해 봐야 하는 단계여서 대량생산을 할 수 없어. 하지만 기본형이 완성이 되면 곧바로 대량생산에 들어갈 거야."

"알았어, 그럼 약속한 거야. 기본형이 완성되고 생산이 되면 첫 번째는 내 거야."

"그래, 알았다."

정한의 말에 정진도 조금 어처구니가 없기는 했지만 못 들어줄 부탁도 아니었다.

지금 운용 중인 프로토 타입들에게서 수많은 데이터가 수집되고 있었다. 아마도 몇 달 되지 않아 아케인 클랜에서도 타이탄을 본격적으로 생산할 수 있게 될 것이다.

그렇게 되면 대한민국은 미국에 이어 제2의 타이탄 생산국이 될 것이고, 그렇게 되면 더 이상 대한민국을 넘볼 수 있는 나라는 없을 것이다.

정진은 허공에 대고 마법진을 그리기 시작했다.

마나를 이용해 마법진을 그리고, 마법진이 완성이 되면 그것을 다시 타이탄의 심장이 되는 엑시온에 장착시킨다.

복잡한 마법진을 하나하나 제작하여 장착하다 보니 타이탄을 제작하는 일은 단시일 내에 끝나지 않는다.

다만 이런 작업도 기본 모델이 정해지면 굳이 이렇게 일일이 손으로 작업할 필요가 없다.

지구에는 뉴 어스의 문명에 없는 과학이란 것이 있기 때문이다.

뉴 어스의 기본이 되는 마법이란 학문은 참으로 신기한 학문이다.

지구의 과학으로는 설명이 되지 않는 법칙을 만들어낼 수도 있었다.

지구의 상식으로는 물체는 높은 곳에서 낮은 곳으로 떨어지는 것이 당연하다.

이는 모든 물체에 중력이 작용하기 때문이다.

그런데 이러한 물리 법칙은 마법이란 학문 앞에선 전혀 들어맞지 않는다.

그 이유는 마법이란 것이 눈에 보이지 않는 에너지, 즉 마나란 에너지를 가공해 물리 법칙을 벗어난 새로이 법칙을 만들어내기 때문이다.

중력을 역전시키고, 때로는 아무것도 없는 허공에서 불이나 물이 생성되기도 하고, 아무런 조짐도 없이 지진이 일어나게 만들 수도 있었다.

하지만 이런 마법도 할 수 없는 것이 있다.

그것은 바로 대량생산이었다. 일정한 규격, 일정한 성능을 가진 물건을 빠르게 생산하는 것.

하지만 마법은 이러한 일을 하기에 무척이나 불리한 조건을 가지고 있었다.

정진의 스승인 제라드는 깨달음을 얻어 리치였던 육체를 탈피하고 보다 상위 차원으로 오르기 전, 나중에 아카데미를 다시 찾을 정진을 위해 정진의 앞날에 도움이 될 아티팩트를 만들어 주었다.

정진은 아카데미를 찾은 뒤 제라드가 만들어둔 아티팩트를 보고 많은 감동을 느꼈다.

그 아티팩트는 정진의 연구에 정말 많은 도움이 되었다.

마도 제국인 아케인 제국의 마도 공학은 이러한 조건을 극복한 예외 중 하나로, 마도 제국 아케인의 마도 공학은 말 그대로 마법과 과학이 만난 최고의 학문이자 산업이었다.

제라드가 남긴 아티팩트는 마치 자동 공작기계처럼 매직 웨폰이나 매직 아머를 생산할 수 있었던 것이다. 덕분에 클랜장으로 있는 아케인 클랜의 클랜원들에게 아티팩트를 모두 지급할 수 있었다.

하지만 그 아티팩트로도 타이탄을 대량생산할 수는 없었다.

매직 웨폰이나 매직 아머의 경우, 단순히 형태를 만들고 그 위에 마법진을 새기는 것으로 완성할 수 있다. 하지만 타이탄은 너무나 복잡한 물체였다.

물론 비슷한 부분이 없는 것은 아니지만, 타이탄 제작의 핵심은 바로 지금 정진이 만들고 있는 타이탄의 심장인 엑시온에 있다.

엑시온은 타이탄에 탑승한 마스터의 마력을 받아들여 타이탄이 자체 보유한 마력과 상호 작용을 한다. 엑시온 내에 배치되어 있는 각종 마법 처리가 된 보석들이 마력을 증폭시키며 거대한 타이탄이 움직이도록 하는 것이다.

인간으로 치면 심장이나 마찬가지인 기관.

그렇기 때문에 엑시온에는 아주 많은 마법진들이 유기적으로 배치가 되어 있으며, 하나라도 잘못된 마법진이 들어가게 되면 어떤 결과를 낼지 아무도 예측할 수가 없다.

적게는 작동을 하지 않을 것이고, 최악의 경우 엑시온이 폭주를 하며 타이탄이 폭발할 수도 있었다.

만약 엑시온이 폭발을 한다면 단순히 타이탄이 못 쓰게

되는 것으로 끝나지 않는다.

육중한 쇳덩어리인 타이탄을 움직일 수 있는 힘을 내는 장치다. 엑시온이 가지고 있는 에너지는 상상할 수 없을 정도로 엄청났다.

폭발 시에는 타이탄은 물론, 주변까지 전부 초토화될 것이다.

그러니 엑시온에 들어가는 마법진은 절대로 실수가 있어선 아니 된다.

정진은 엑시온의 표면에 새겨진 마법진을 다시 한 번 확인하였다.

"흠, 정확하군."

작게 중얼거린 정진은 고개를 돌려 월로드의 엑시온 설계도를 보았다.

다음으로 새겨야 할 또 다른 마법진. 지름 30㎝ 정도 크기의 구체에 방금 전 새긴 것과 같은 마법진 다섯 개를 새겨 유기적으로 연결시킨다.

모든 마법진이 전부 연결되어야 엑시온이 제대로 된 성능을 발휘할 수 없다.

엑시온에 들어가는 마법진은 입체 마법이라 하여, 아케인 왕국 시절에는 그 어려움 때문에 7서클 이상의 고위 마법사들만 엑시온 제작에 참여했을 정도로 난이도가 높은 마법이었다.

정진이 보고 있는 엑시온의 설계도는 로난이 그려준 것으로, 정진은 설계도에 있는 순서대로 마나를 움직이는 것으로 설계도를 그리고 있었다.

똑, 똑.

"형!"

"응?"

엑시온에 들어갈 마법진을 살피고 있을 때, 문밖에서 정진을 부르는 소리가 있었다.

"무슨 일이야?"

뭔가 궁금한 표정이 역력한 모습으로 문을 열고 들어온 정수의 모습에 정진은 반갑게 맞아주었다.

"궁금한 것이 있어서 좀 물어보려고 왔는데……."

정수는 처음과는 다르게 살짝 자신감 없는 목소리로 말끝을 흐렸다.

그도 그럴 것이 지금 큰형인 정진이 어떤 작업을 하고 있었는지 잘 알고 있었기 때문이다.

엑시온에 들어갈 마법진을 한순간 실수로 잘못 새기기라도 한다면 그동안 했던 작업을 모두 뒤엎고 새로이 다시 새겨야 하기 때문이다.

때문에 아직 미완성인 엑시온의 모습을 보고 말끝을 흐린 것이다.

"잠시 쉬고 있던 중이니 걱정하지 마. 뭔데 그래?"

무엇 때문에 정수가 말끝을 흐리는 것인지 눈치챈 정진이 웃으며 먼저 물었다.

"그게 말이지……."

정수가 정진에게 가져온 질문은 바로 타이탄을 제작하는 데, 굳이 통짜 쇠로 만들어야만 하냐는 것이었다.

타이탄의 운용 시간은 전적으로 엑시온의 출력과 타이탄 마스터의 능력에 따른다.

마스터의 능력도 중요한 요소이기는 하지만 가장 기본적인 부분은 바로 타이탄의 출력이다.

하지만 타이탄의 출력은 '엑시온이 생산하는 마력/타이탄의 무게'로 생각할 수 있다. 즉, 톤당 마력이 타이탄의 운용 시간을 좌우한다고 해도 과언이 아니다.

동급의 타이탄 마스터가 탑승했을 때, 무게가 많이 나가는 타이탄일수록 운용시간이 줄어드는 것이다.

그렇다고 타이탄의 무게를 함부로 줄일 수 없는데, 이는 타이탄의 방어력과 직결되기 때문이다.

타이탄의 출력을 높이기 위해 장갑의 두께를 얇게 하면 그만큼 출력이 높아져 운용시간이 늘어날 수는 있지만 그만큼 방어력이 낮아져 타이탄 마스터의 안전을 위협한다.

이 때문에 타이탄 제작을 할 때 이러한 점을 모두 고려하여 타이탄을 제작하는 것이다.

"그렇다고 장갑의 두께를 줄이게 되면 타이탄 마스터의 안전이 그만큼 줄어들게 된다."

정진은 차분하게 정수에게 설명을 해주었다.

"응, 형이 지금 무슨 말을 하는 건지는 알겠는데…….
내 말은 여기, 이 부분을 통으로 제작하지 않고 사이에 공간을 두면 어떻겠냐는 거야."

즉, 갑옷을 이루고 있는 장갑과 장갑 사이에 공간을 두어, 겉으로 보기에는 같은 두께의 장갑이지만 내부에 공간이 있는 중공장갑(中空裝甲)으로 만드는 것이 어떻냐는 것이었다.

정진은 정수가 손가락으로 가리키는 설계도의 일부분을 바라보며 고개를 끄덕였다.

정수가 지적한 부분은 타이탄의 팔과 다리에 해당하는 부분으로 꼭 통으로 만들 필요가 없는 부분이었다.

타이탄 마스터는 가장 장갑이 두터운 가슴 부분의 콕핏에 탑승하므로, 안전과는 직접적으로 관계가 없기도 했다.

정진은 연구실 한쪽에서 타이탄의 설계도를 그리며 씨름을 하고 있는 로난을 돌아보았다.

"로난, 잠깐 이쪽으로 와줘."

정진은 급히 로난을 불렀다. 그리고 조금 전 정수가 가리킨 부분의 설계도를 보여주었다.

"여기 이 부분, 굳이 통으로 제작할 필요 없지 않아?"

"그래도 무관하긴 하겠지만 타이탄과의 전투를 생각하면 타이탄의 무게도 충분히 무기가 될 수 있다."

정진이 고개를 갸웃거렸다.

"아니, 왜 타이탄끼리의 전투를 상정해야 하는 거야? 타이탄은 몬스터를 상대할 병기인데."

"아, 그렇군……."

로난은 정진의 물음에 순간 의아한 표정이 되었다가, 무언가 깨달은 듯한 표정을 지었다.

"아무래도 내가 살던 시절을 기준으로 네게 설명하다 보니 이렇게 된 것 같다."

굳이 통으로 제작하지 않아도 되는 부분까지 인간의 형상을 그대로 모방해 제작한 이유는, 바로 타이탄끼리의 전투를 위해서였다.

몬스터와의 전투가 아닌 동종의 타이탄끼리의 전투에서, 타이탄의 중량은 무척이나 중요하게 작용을 한다.

타이탄이 일대일로 대결을 하면 그 또한 크게 상관이 없었다. 오히려 동급의 타이탄이라면 무게가 조금 가벼운 것이 속도에서 우위를 점할 수 있기 때문에 더 유리할 수 있었다.

하지만 다대다의 집단전이 벌어지게 되면 이때는 양상이 달라진다.

집단전에서 속도는 그리 큰 이점이라고 할 수 없었다. 오히려 약점이라고도 할 수 있다.

속도보다는 힘의 차이가 집단전에서는 더 강한 승패 요인으로 작용하기 때문이다.

타이탄끼리의 집단전은 우직하게 버티며 한 발짝, 한 발짝 전진하여 적의 진형을 무너뜨리는 전술을 사용해야만 한다. 일대일 대결처럼 화려한 검술이나 기동력을 보일 수 없다.

때문에 타이탄 제작자들은 집단전에서도 합리적인 타이탄의 무게와 출력을 계산하여 제작했고, 그래서 다리나 팔과 같은 곳은 장갑 전체의 방어력에는 크게 영향을 미치지 않는 부분임에도 불구하고 통짜 쇠로 무겁게 제작한 것이다.

정진은 로난의 설명을 듣고 고개를 끄덕였다.

종합해 보면, 정수의 의견에 일리가 있다는 소리다.

몬스터를 상대할 때는 중량을 늘려 강한 힘을 내기보다 가볍고 기동성이 뛰어난 편이 이상적이다.

몬스터 떼를 상대로 집단전을 할 때 역시 마찬가지였다.

같은 집단전이라고 하더라도 금속으로 이루어진 타이탄

끼리의 전투와는 큰 차이가 있기 때문이다.

몬스터 웨이브 같이 대규모 집단이라고 해도 몬스터와 타이탄의 중량 차이는 월등하다.

정진은 로난과 함께 생산할 타이탄의 설계를 다시 하기 시작했다.

굳이 필요가 없는 부분의 장갑을 넣지 않고 뺄 수 있는 부분은 과감하게 제거하기로 결정한 것이다.

"그러면… 이곳이랑 이곳. 내부에 빈 공간을 만들어서 중량을 줄여도 아무 이상이 없다는 거지?"

"물론이다. 오히려 저항이 줄어들어 마력의 소모도 줄어들 것 같군."

"그건 또 무슨 소리야?"

정진은 저항이 줄어든다는 새로운 정보에 관심을 보였다. 마력이 덜 소모된다는 말에 흥미가 생긴 것이다.

"이렇게 두꺼운 경우 마력을 운용하게 되면 마력이 타이탄의 동체 전체에 작용해야 하기 때문에 이 정도의 마력을 사용을 하게 되지. 하지만 굵기가 이 정도로 가늘어진다면 마력이 지나가는 통로 자체가 작아져. 보다 적은 마력을 소모해도 충분히 움직일 수 있겠지."

로난은 그림을 그려가며 타이탄의 엑시온에서 생산된 마력이 어떻게 마스터의 뜻대로 타이탄의 몸체에 전달이 되는

지 설명했다.

"이거 정수가 한 건 했는데?"

로난의 설명을 들은 정진이 고개를 돌려 막내 정수를 보며 미소 지었다. 정수는 얼굴이 붉어지며 뒷머리를 긁적였다.

너무도 어색하고 부끄러웠기 때문이다.

별것도 아닌 말이었지만 형에게 도움이 되었다는 것에 정수는 너무도 기뻤다.

그동안 형의 도움을 많이 받았는데, 자신도 조금이나마 형을 도울 수 있었다고 생각하니 기뻤다.

한편, 정진은 월로드의 설계를 변경하면서 가벼워진 만큼 방어력에 약간의 누수가 있을 수 있어 그것을 보강하는 작업에 들어갔다.

원래는 방어 마법진이 들어가지 않는 부분인 팔과 다리 부분에 중공장갑을 덧대고 그곳에 마법진을 그려 넣는 것이다.

그렇게 필요에 의해 무게가 부족해지면서 줄어든 방어력을 보강하는 작업이 진행되었다.

그리고 정진은 이것이 얼마나 효용성이 있는지 알아보기 위해 제작 중이던 타이탄의 팔과 다리를 다시 제작하기로 결정했다.

Chapter 3

다시 시작되는 악연

레스토랑 쁘아종.

쁘아종은 한남동에 위치한 전통 프랑스 요리 레스토랑이다.

쁘아종은 대한민국 상류층에게는 무척이나 유명한 곳으로, 예약을 하지 않고는 아무리 돈이 많아도 입장하기 힘든 곳으로 유명했다.

이곳이 유명한 이유는 식당 및 여행 정보를 안내하는 미슐랭 가이드에서 별 3개를 받은 레스토랑인 탓도 있었지만, 무엇보다 레스토랑의 주인이자 셰프인 정종철이 WAOS 협회가 인정하는 4대 국제 요리 대회 중 글로벌 영 셰프 챌린

지에서 대상을 받은 요리사기 때문이었다.

음식 가격은 웬만한 월급쟁이는 감히 엄두가 나지 않을 정도로 비쌌지만, 가격이 비쌀수록 오히려 사람들이 더욱 열광하는 이상한 현상이 일어났다.

열광하는 이들은 바로 대한민국의 부를 독점하고 있는 사람들이었다.

쁘아종의 전망 좋은 예약석은 다른 사람들의 시선이 닿지 않는 별실에 따로 마련되어 있었다. 그곳에 앉아 있는 노태건설 사장인 노인규 역시 그런 사람들 중 하나였다.

노인규는 초조한 낯빛으로 누군가를 기다리고 있었다.

"손님, 차를 더 가져다 드릴까요?"

어느새 다가온 쁘아종의 직원이 정중한 목소리로 노인규에게 물었다.

초조한 얼굴로 앞만 바라보고 있던 노인규가 직원을 그제야 돌아보았다.

긴장을 너무 해서인지 아니면 목이 말라 그런 것인지, 이곳에 도착한 이후부터 찻잔에 든 허브티를 연신 들이켜 댔다.

지금 그의 찻잔은 또다시 바닥을 드러낸 채였다.

찻잔을 한 번 내려다본 노인규가 다시 직원 쪽으로 고개를 들고 말했다.

"아닙니다. 조금 뒤면 찾아올 손님이 있으니 이쪽으로 안내해 주세요. 따로 부르기 전까진 아무도 이쪽으로 오지 말아주시구요."

노인규는 직원에게 당부를 하고 돌려보냈다.

그러고는 테이블 한쪽에 놓인 물병을 기울여 잔을 채웠다.

똑, 똑.

시간이 얼마나 지났을까? 노크 소리가 들려왔다.

덜컹.

"좀 늦었군요. 갑자기 회의가 잡혀서."

대답도 듣지 않고 예약실 안으로 들어온 남자는 약속 시간보다 한 시간이나 늦었으면서도 별로 미안한 기색도 없었다. 그러면서도 입으로는 자신이 약속에 늦은 것에 대한 변명을 하고 있었다.

하지만 늦은 것에 대해 화를 낼 수 있는 입장이 아니었기에 노인규는 어금니를 물며 참을 수밖에 없었다.

예전과 완전히 뒤바뀐 입장 차이에 노인규는 속으로 한숨을 내쉬었다. 눈앞에 있는 사람에게 아쉬운 소리를 해야 하는 입장이 되니 속만 탔다.

"국정을 돌보는 일인데 늦으실 수도 있지요. 그래, 무슨 일인데 시간 약속을 철저하게 지키시는 한 장관님께서 한 시간씩이나 늦으신 겁니까?"

비록 화를 낼 수는 없었지만, 노인규는 그가 약속에 늦었음을 그냥 넘어가 주지 않았다.

노인규의 말에 자리에 앉던 한태화 장관의 미간이 살짝 찌푸려졌다. 하지만 자신이 약속 시간에 늦은 것은 사실이었기에 그는 순순히 입을 열었다.

"아케인 클랜의 정정진 클랜장과 만나느라 좀 늦었습니다."

느닷없이 정진을 언급하는 한태화 장관의 말에 노인규는 고개를 갸웃거렸다.

국토 개발 사업을 진행하면서 아케인 클랜과 국토교통부 장관인 한태화와 아케인 클랜이 함께 일을 진행한 적은 있지만, 이제는 다른 기업들과 건설 확장 및 마무리 작업에 들어가면서 더 이상 직접적인 연관이 될 일은 없는 것으로 알고 있었다.

그런데 아케인의 클랜장과 만나느라 한 시간이나 늦어졌다니, 얼른 이해가 되지 않았다.

"노 사장님은 무슨 일로 절?"

하지만 한태화 장관은 더 이상 설명하지 않고 곧바로 본론을 꺼냈다.

사실 한태화는 요즘 한참 눈코 뜰 새 없이 바빠서 굳이 별다른 소득도 없을 이 자리에 나오고 싶지 않았다.

그런데 노인규 사장의 아내와 대학 동창인 그의 아내가 자꾸만 한 번 만나보라고 성화를 부리는 통에, 어떻게든 잠시 짬을 내 나온 것이다.

약속 자리에 막 나올 때 긴급하게 대통령으로부터 호출이 들어와 청와대에 들렀다 오느라 약속 시간에 늦게 된 것이었다. 일이 생겼음에도 먼저 약속한 노인규에게 연락하지 않은 것은, 성질이 급한 노인규가 그와의 약속을 취소했으면 하는 바람이 담겨 있었다.

사실 처음 대통령으로부터 연락이 왔을 때 한태화는 내심 잘 되었다고까지 생각했던 것이다.

국가 공무원으로서 청렴을 모토로 하는 그는 조상이 물려준 재산까지 있어 굳이 비리를 저지를 생각도 없었다. 웬만하면 노인규 사장과 같이 뒷말이 많은 이들과는 사전에 접촉을 하고 싶지 않았다.

하지만 그의 아내는 그와 성향이 달랐다.

아내 또한 유복한 가정에서 자라 돈 부족한 줄 모르고 자랐지만, 그와는 달리 돈에 대한 욕심이 무척이나 강했다.

그 때문에 자식들은 그녀 자신과 다르게 돈 많은 부잣집과 결혼시키려고 하는 모양이었다.

한태화의 장남은 오성 가에서 며느리를 얻었고, 차남 또한 재계 서열 50위 안에 들어가는 현경 그룹의 장손녀와 결혼을 하였다.

막내딸 또한 오빠들처럼 재벌가에 시집을 보내기 위해 알아보고 있었다. 그리고 그 신랑감 중 하나가 바로 눈앞에 있는 노인규 사장의 장남이었다.

그러니 한태화의 아내가 한태화의 옆구리를 찌르며 만나보라고 종용했던 것이다.

하지만 아내는 아내이고 자신은 자신이었기에, 한태화는 굳이 노태 그룹처럼 많은 사람들의 구설수에 오르는 집안에 보내고 싶은 마음은 일절도 없었다.

그러니 될 수 있으면 노인규나 그의 집안과 접점을 만들지 않고 이 상황을 끝내고 싶었다.

"일단 늦었지만 식사를 하시지요."

어떻게든 상황을 빨리 끝내고 이곳에서 사라지려 하는 한태화의 마음은 노인규에게도 그대로 전해져 왔다. 노련한 기업가로서 그의 마음을 꿰뚫어본 노인규는 내심 인내하며 아닌 척 식사를 권유했다.

"아니, 난……."

꾸르륵! 꾸르르르!

한태화가 막 자신은 되었다고 하려는 순간, 뱃속에서 염치도 없이 꼬르륵 소리가 들려왔다.

"크흠!"

무척이나 무안해진 한태화 장관은 고개까지 돌리며 헛기침을 했다.

노인규는 애써 표정을 드러내지 않고 미소 지었다.

"요즘 탈환한 이북 지역 개발이 한참 바쁘게 돌아가서 그런지 장관님께서 식사 시간을 놓치셨나 봅니다."

노인규는 얼른 지배인을 호출하였다.

"부르셨습니까?"

말쑥한 옷차림을 한 쁘아종의 지배인이 절도 있는 목소리로 인사하며 고개를 숙여 보였다. 과하지 않고 듣는 사람이 불편해지지 않을 만큼 적당히 예의를 차린 모습이었다.

지배인의 접대하는 모습만 봐도 이곳이 왜 미슐랭 가이드에서 별을 3개나 받았는지 알 수 있었다.

"미리 주문했던 것은 준비되었습니까?"

노인규가 물었다.

그는 오늘을 위해 미리 재료와 음식을 주문을 해놓았다.

쁘아종에서는 셰프가 준비하는 식재료 외에 VIP가 사전 예약했을 때에 한해 특별히 그에 맞게 요리를 해주는 서비스도 하고 있었다.

물론 이러한 서비스는 아무에게나 해주는 것도 아닐뿐더러, 가격 또한 무척이나 비쌌다.

그도 그럴 것이 권위 있는 WAOS 협회가 인정하는 4대 국제 요리 대회의 우승자가 직접 원하는 요리를 해준다는 것은 무척이나 대단한 일이다.

그러니 당연 가격이 비쌀 수밖에 없고, 노태 그룹 사장이며 노태 건설 사장을 겸직하고 있는 노인규이기에 가능했다.

물론 이도 업무적으로 필요하다는 판단에 법인 카드를 사용하는 것으로, 노인규로서도 과감한 투자였다.

예전에야 궁중 한식을 표방한 방석집에서 이런 로비를 했지만, 시대가 바뀌면서 로비의 장소도 전통 음식점이 아닌 고급 레스토랑으로 바뀌었다.

물론 아직도 전통 요리를 좋아하는 사람들은 그런 곳으로 안내하기도 한다.

주문이 들어가고, 얼마 지나지 않아 음식이 들어오기 시작했다.

비싸다는 인식이 있는 유럽의 요리 가운데에서도 프랑스 요리는 가장 비싸고 화려하다.

식사가 들어오기 전 고급 와인이 도착했고, 세계 3대 진미라 불리는 송로 버섯으로 만든 스프와 애피타이저인 달팽이 요리 에스카르고가 나왔다.

한태화는 나온 요리가 무척이나 마음에 들었다.

사실 한태화는 프랑스 요리를 무척이나 좋아했는데, 그가 프랑스 유학 시절 접해본 프랑스 전통 요리가 입맛에 꼭 맞았기 때문이다.

하지만 귀국 후 공무원 생활을 하면서 너무 비싸 자주 접할 기회가 없었는데, 지금처럼 최고의 실력을 가진 셰프가 직접 최고의 재료만 엄선하여 만든 음식은 접해보지 못했다.

그 때문인지 한태화의 표정은 처음 이곳에 들어설 때와는 달리 무척이나 부드럽게 바뀌어 있었다.

그런 한태화를 곁눈질로 살핀 노인규의 입꼬리가 슬쩍 올라갔다.

식사가 끝나고 마지막으로 와인을 한 잔 마시며 여운을 즐긴 한태화는 식사 전과는 전혀 다른 모습이었다.

방에 들어올 때는 뭔가에 찌든 지친 모습이었다면, 지금은 그런 것에서 해방되어 평안을 누리는 듯한 밝은 모습이었다.

"이거 노인규 사장 덕에 잘 먹었습니다. 이제 슬슬 절 만나고자 하신 본론을 얘기해 주시죠. 제 아내를 통해 절 만나려고 했던 이유가 무엇입니까? 아이들 문제입니까?"

한태화가 생각하기에, 노인규 사장과 자신의 접점이라고는 아내의 욕심으로 인한 막내딸의 혼사 문제뿐이었다.

그렇기에 조금 전 식사를 할 때보다 다소 부드러운 태도를 보이고 있었다.

하지만 그뿐이었다. 접대를 받았다고 해서 딸의 문제나 다른 업무적인 부분을 이런 곳에서 해결할 생각은 없었다.

그런 한태화 장관의 생각을 읽은 것인지 노인규는 조용히 대답을 했다.

"장관님."

"예, 말씀하십시오."

노인규의 부름에 한태화가 자세를 바로 하며 들을 준비가 되었다는 듯 미소 지었다.

그런 한태화 장관의 모습에 다소 긴장하고 있던 노인규도 조금 편안한 마음으로 본격적으로 이야기를 꺼낼 수 있었다.

"현재 우리나라는 1세기 가까이 분단이 되어 있던 한반도를 통일하고 새로운 시대를 맞지 않았습니까."

다소 장황한 서두였지만, 한태화는 그저 조용히 듣고 있었다.

간간이 현 정부를 두둔하는 듯한 이야기를 할 때면 고개를 끄덕이며 동조하기도 했다.

"대한민국에 있는 많은 기업들이 나라의 발전에 적극 동참을 하고 있는데, 일부 아주 사소한 감정으로 인해 참여를 하고 싶어도 참여하지 못하는 기업들이 있습니다."

노인규는 현재 대한민국에 존재하는 많은 기업들이 몬스터에게서 수복한 땅들을 개발하는데 참여를 하며 수익을 창출하고 있는데, 노태 그룹만 그런 일에서 소외가 되고 있다는 부분을 에둘러 이야기하였다.

또한 이북 지역 개발에 독점적인 직위를 가지고 있는 아케인 클랜과 노태 그룹의 악연을 언급하며, 언뜻 아케인 클랜이 자신들과 감정이 좋지 못해 국가적인 사업에서 노태 그룹을 차별하고 있다고 들리게 설명했다.

한태화는 어느새 노인규의 말에 넘어간 것인지, 그의 말에 귀를 기울이는 듯한 모습을 보였다.

정진이 처음 헌터가 되기 전 노태 클랜이 추진하는 던전 발굴에 참여했던 것과, 실종이 되었다가 한 달 만에 엄청난 능력자가 되어 나타난 것 등 상식적으로 이해가 가지 않는 일에 대해 듣고는 한태화도 그의 말에 빠져들었다.

"비록 재판에서는 무혐의로 판결이 났지만 그게 상식적으로 이해가 가는 일입니까?"

재차 자신의 생각을 토로하며 의향을 묻는 노인규의 질문에 한태화는 자신도 모르게 고개를 끄덕이고 말았다.

어느 정도 노인규의 말은 수긍할 수 있는 부분도 있었다.

한태화가 납득하는 듯하자, 노인규는 노골적으로 부탁을

하기 시작했다.

"우리 노태 그룹도 사업 참여를 할 수 있게 도와주십시오. 나라의 발전은 개인의 감정이 이입이 되어선 안 되지 않습니까. 복수나 방해를 하겠다는 게 아니라, 저희도 좋은 일에 참여하고 싶다는 겁니다. 꼭 좀 부탁드립니다."

노인규는 거듭 강조를 하며 고개를 숙였다.

그런 노인규의 모습에 한태화도 뭔가 생각을 하는 듯 눈을 감았다.

"알겠습니다. 노태 그룹도 사업 참여를 할 수 있게 제가 잘 설득해 보겠습니다."

한태화 장관은 한참을 고심하다 그렇게 대답을 하고는 잠시 시계를 들여다보았다.

이북 지역의 개발로 수시로 지도가 바뀌고 있다. 그가 수장으로 있는 국토교통부의 업무는 밤낮이 없었다.

그 때문에 한태화도 벌써 이틀이나 집에 들어가지도 못하고 정부 청사에서 숙식을 하며 업무를 보고 있었다.

지금도 노인규와 헤어지면 바로 다시 정부 청사로 가봐야 했다.

"오늘 저녁 잘 먹었습니다. 다음에 제가 연락드리겠습니다."

식사도 마치고, 또 만나서 할 이야기도 모두 들었다고 판단한 한태화는 자리에서 일어섰다. 노인규도 따라서 일어났다.

끼익!

쁘아종을 나온 한태화와 노인규의 앞에 검은색 세단이 정차했다.

"그럼 먼저 들어가겠습니다."

"장관님, 들어가십시오. 잘 부탁드립니다."

차를 타는 한태화의 뒤에 대고 노인규는 90도로 허리까지 숙이며 다시 한 번 조금 전한 이야기를 상기시켰다.

"예, 알겠습니다."

탁!

부우웅!

한태화 장관이 탄 차가 떠나고 잠시 뒤 고개를 든 노인규의 표정은 그 어느 때보다 보기 싫게 찌푸려졌다.

"제길! 내가, 이 천하의 노인규가 저따위… 어휴!"

다른 때 같으면 상종도 하지 않았을 꼰대를 상대하고 난 노인규의 표정은 정말 싫은 티가 고스란히 묻어났다.

이제는 한태화가 그에게 유리한 선택을 내려주기를 비는 수밖에 없다.

노인규는 피곤한 얼굴로 한숨을 내쉬었다.

"사장님, 고생하셨습니다."

언제 나타났는지 한태화가 떠난 자리에 나타난 또 다른 검정색 고급 세단에서 그의 비서가 내렸다.

"가자."

노인규는 비서가 연 차 문 안으로 몸을 구겨 넣었다.

†   †   †

구로구 서울남부교도소.

검정색 정장을 입은 중년의 남성이 서류 가방을 테이블 한쪽에 올려두고 누군가를 기다리고 있었다.

인상이 무척이나 날카로워 보이는 것이 보통 사람은 아닌 듯했다.

덜컹.

문이 열리는 소리가 들리자 사내는 고개를 돌려 누가 안으로 들어오는 것인지 확인하고, 자리에서 일어섰다.

"오셨습니까."

기다리고 있던 사내는 정중하게 허리를 숙이며 방으로 들어오는 사람을 향해 인사했다.

방 안으로 들어선 사람은 푸른색 수의를 입고 있는 남성이었다. 바로 전 헌터 협회 회장이었던 전기수였다.

뇌물수수 및 뇌물공여 그리고 공금횡령 및 직권남용 등의

법률 위반으로 10년 형을 언도 받았다.

그것만이라면 10년까지는 선고받지 않았겠지만, 국가 전략물자인 포션을 개인적으로 사용했다는 것이 크게 작용했다.

그나마도 장기간 헌터 협회를 이끌며 세운 공이 있기에 일부 감면받은 것이었지, 당시 전기수에 대한 사회적 분위기까지 고려하면 20년 이상을 언도받았을지도 모를 일이었다.

하지만 전기수는 10년 형을 받은 것이 너무도 억울했다.

그의 나이가 벌써 62세나 되었다. 아무리 평균 수명 65세 시대라고는 하지만 감옥에서 10년을 보내고 나면 남는 것이 없었다.

"기준아, 잘 왔다."

쓸쓸한 자신의 처지를 생각하며 방으로 들어선 전기수가 사내를 반갑게 맞았다.

날카로운 인상의 사내, 전기수의 동생인 전기준이 굳은 표정으로 자리에 앉았다.

"어쩐 일로 부르셨어요?"

조금 전 정중하게 인사를 한 것과는 달리, 아무런 감정도 섞여 있지 않은 목소리였다.

하지만 그 말 속에는 자신의 형에 대한 안타까운 마음이 담겨 있었다.

한때 대한민국 상위 1%, 아니 0.1% 안에 들어가는 권력자였던 사람이 어느 날 갑자기 한순간에 죄수의 몸이 되어 버린 데에 대한 씁쓸한 감상이었다.

"이제 어느 정도 시간이 흘렀으니 나에 대한 관심은 사라졌을 것이다."

전기수가 무언가 꾸미고 있는 듯 눈을 반짝이며 은근히 말했다.

전기준은 그런 그의 말을 잠자코 듣고 있었다.

한때 헌터 협회 고문 변호사를 역임했고, 지금은 독립을 하여 로펌을 운영 중인 전기준은 자신이 자리를 잡기까지 도움을 준 형을 돕기 위해 면회를 온 것이다.

"노태규 회장에게 날 좀 보러 와달라는 말을 전해줬으면 한다."

"노태규 회장이요?"

"그래. 노태 그룹 노태규 회장, 그리고 차현수에게도 한 번 날 찾아오라고 전해라."

전기수가 눈을 차갑게 빛내며 말했다.

"노태규와 차현수라니, 그들을 왜……. 제가 알면 안 되는 일입니까?"

전기준이 눈을 크게 뜨며 물었다.

"아직은 네가 알아서 좋을 것이 없다. 일단 그냥 내 말만 전하면 된다."

전기수는 말해줄 수 없다는 듯 손사래를 쳤다.

전기준은 조금 기분이 상했지만, 일단 알겠다는 듯 고개를 끄덕였다.

"그렇게만 전하면 되는 것입니까?"

"그래. 7년 전의 셈이 잘못된 것 같다고… 그렇게도 전해줘라. 흰머리산 던전에서 발굴한 것들의 셈이 잘못되었다고 말이야. 어떻게 된 것인지 이야기나 좀 했으면 한다고, 그렇게 전하면 된다."

"알겠습니다. 두 사람에게 그렇게 전하겠습니다. 그 외에 뭐 필요한 것은 없으십니까?"

"그래, 네가 넣어준 영치금으로 편하게 지내고 있다. 그런 것은 신경 쓰지 말고 빠른 시일에 보고 싶다는 말만 전해다오. 그 뒤에 이야기가 끝나면 널 다시 부르마."

"알겠습니다."

전기수는 그만 가보라는 듯 전기준에게 손짓했다.

보통 교도소에 수감된 죄수라면 면회인과 최대한 오래 함께 있기를 원한다.

면회를 할 때는 다른 사람의 눈치를 보지 않고 편하게 있을 수 있기 때문이다.

하지만 전기수는 다른 생각이 있는 것인지, 할 말이 끝나자 동생이자 자신의 담당 변호사인 전기준을 바로 돌려보냈다.

면회실을 나가는 동생의 뒷모습을 보며 전기수는 허공을 쳐다보며 어금니를 깨물었다.

'이 전기수가 이대로 죽어줄 수는 없지! 암!'

뭔가를 다짐하는 전기수는 눈은 그 어느 때보다 차갑게 빛났다.

한편 형과의 면회를 끝낸 전기준은 교도소를 나와 어딘가로 전화를 걸었다.

"여보세요?"

잠실 노태 그룹 본사.

"안녕하십니까?"

교도소가 있는 구로구에서 이곳 잠실까지 한 시간여를 달려 도착한 전기준은 출발 전 전화로 면담 요청을 한 뒤 바로 노태 그룹 본사를 찾았다.

원래라면 당일에 면담 요청을 하는 것은 특별한 일이 아니면 불가능한 일이지만 언제나 예외란 것이 있기 마련이다.

자신의 신분을 밝히고 전 헌터 협회 회장인 전기수의 일로 그룹 회장인 노태규와 할 이야기가 있다고 하자, 곧바로 면담이 허락되었다.

단 10분의 짧은 시간만이 주어졌으나 그것으로 충분했다.

자신이 노태규 회장과 의견을 조율하는 것도 아니고, 그저 의뢰인이자 형인 전기수의 말을 전달만 하면 되는 것이니 10분이면 충분했다.

간단한 용건이라면 전화로 전할 수도 있는 일이지만, 그랬다면 굳이 전기수가 자신을 교도소로 부르지도 않았을 것이다. 전기준은 일말의 의심도 없이 노태 그룹 본사 입구로 들어섰다.

옛날부터 머리는 물론이고 모든 일에 자신을 앞서던 형이었다.

몬스터로 인해 세상이 혼란스러울 때, 자리를 떨치고 일어나 몬스터와 맞선 사람이다.

헌터 협회가 세워진 뒤로도 많은 사람들의 추대를 받아 헌터 협회의 회장에 취임하면서 전기수는 열악한 정부 지원 속에서도 강단 있게 헌터들의 입장을 대변하는 일을 했다. 전기수의 노력으로 헌터 협회는 정부 산하기관으로부터 독립했고, 그가 한 모든 일들은 헌터들의 복지를 이룩하는 데 크게 이바지했다.

그런데 몇 가지 잘못을 저질렀다고 해서 인생을 바쳐 이룩한 업적 모두를 부정당하는 것에 무척 화가 났다.

그래서 재판 당시, 거부하는 형을 설득해 그가 직접 변호를 하려 나섰다.

하지만 무엇 때문인지 재판장 분위기는 형에게 무척이나 불리하게 흘러갔다.

나중에서야 형이 손을 잡았던 아케인 클랜과 갈라서면서 일이 그렇게 되었다는 것을 알게 된 전기준은 속으로 칼을 갈았다.

아케인 클랜이라면 밑바닥부터 자신의 형의 도움을 받은 헌터 클랜이다.

그런데 배은망덕하게도 클랜이 조금 커졌다고 자신의 형을 배신한 것이다.

물론 오직 전기준의 입장에서 아무것도 모른 채 판단한 것으로, 전기준은 형인 전기수가 먼저 정진을 배신했다는 것을 알지 못했다.

정진과 전기수가 서로 협력하는 공생 관계에 가까웠으며, 딱히 전기수가 아케인 클랜을 밀어줬다고 보기는 어렵다는 사실 또한 몰랐다.

드디어 도착한 노태 그룹의 회장실 앞.

"회장님이 기다리고 계십니다."

그를 안내한 비서가 고개를 숙여 인사를 하며 말했다.

똑, 똑.

"들어오게."

비서가 문을 두드리기가 무섭게 문 안쪽에서 들어오라는 노태규의 말이 떨어졌다. 비서는 전기준에게 자리를 내주었다.

"들어가시지요."

전기준은 가볍게 비서에게 목례를 한 뒤 문을 열고 안으로 들어갔다.

안으로 들어가자 노태규 회장은 자리에서 일어나며 그를 맞았다.

"그래, 전할 말이라는 것이 무엇이오?"

노태규 회장은 전기준이 들어서자마자 자리를 권하기도 전에 단도직입적으로 용건을 물었다.

전기준은 딱히 불쾌해하는 기색도 없이 대답했다.

"저도 자세한 것은 모릅니다. 그저 제 의뢰인이자 전 헌터 협회장인 전기수 씨가 회장님께 이 말을 전하셨습니다."

"무슨 말을?"

"7년 전 노태 클랜이 흰머리산 던전에서 발굴한 것이 셈

에 맞지 않는 것이 있다고, 그것에 대한 이야기를 해보자고
하더군요. 만약 빠른 시일 내에 오시지 않는다면 다른 곳에
이야기를 하는 수밖에 없다고 하시더군요. 그리고 오실 때
차현수 전 헌터 협회 부회장도 같이 오셨으면 더 좋겠다고
하셨습니다."

전기준은 자신의 말에 눈에 띄게 낯빛이 바뀌는 노태규
회장의 얼굴을 보며 뭔가가 있다는 것을 깨달았다. 협박조
로 살을 보태자, 노태규의 표정이 더욱 눈에 띄게 일그러졌
다.

굴러먹을 대로 굴러먹은 기업인인 노태규 회장이 저렇게
표가 날 정도로 인상이 구겨진다는 것에, 전기준은 자신이
전한 말이 생각보다 큰 사안이었음을 알 수 있었다.

"그럼 전 전할 말을 모두 전했으니 이만 가보겠습니다."

전기준은 그렇게 자신이 할 말만 전하고 곧바로 노태규
회장의 방을 빠져나왔다.

이젠 차현수를 찾아가야 할 차례였다.

✝   ✝   ✝

"무슨 일로 날 여기까지 부른 것이지?"

전 헌터 협회 부회장이었던 차현수는 차가운 눈빛으로 테

이블 맞은편에 앉아 있는 전기수를 쳐다보며 물었다.

두 사람은 한때 헌터 협회 회장의 자리를 두고 경쟁을 하던 앙숙이었다.

하지만 두 사람의 싸움은 결국 전기수의 승리로 끝났으며, 경쟁에서 낙오한 차현수는 헌터 협회를 나간 뒤 정치에 입문을 하여 현재 새헌당(새정치헌신당) 소속 국회의원이 되었다.

한때 협회장이었던 전기수보다도 막강한 권력을 휘둘렀으며, 차기 헌터 협회장 후보로 오르기도 했다. 하지만 막판에 그동안 권력을 휘두르며 저질렀던 비리가 밝혀지면서 후보에서 사퇴하였다.

그렇기에 차현수는 오늘 자신을 부른 전기수가 결코 좋게 보이지 않았다.

아니, 대체 무슨 말을 하려고 자신을 이곳 서울 구치소로 부른 것인지 내심 불안하기도 했다.

그가 헌터 협회에 있으면서 저질렀던 비리가 한두 가지가 아니기 때문이다.

"날 이곳에서 꺼내주시오."

"뭐요?"

차현수는 전기수의 말에 기가 막혔다.

밑도 끝도 없이 갑자기 범죄자인 자신을 빼내달라고 요구를 하는 전기수의 모습에 어처구니가 없었다.

"그게 가능할 것이라고 보시오?"

전기수는 다른 사람도 아닌 최고 권력자의 눈 밖에 났다.

국가 전략물자인 포션을 개인적으로 사용했다는 부분이 가장 큰 문제가 되었다. 대통령의 사면 허가가 없으면 절대 나올 수 없을 것이다.

그런데 마치 맡겨놓은 물건 찾으러 온 사람처럼 너무도 당당하게 자신을 감옥에서 꺼내달라는 전기수의 모습을 보니 속이 뒤집어졌다.

"내가 왜 그래야 하지?"

차현수가 기가 막힌다는 표정으로 물었다.

그러나 전기수는 빙그레 미소까지 지었다.

"왜냐하면 내 요구를 들어주지 않으면 당신도 나와 같은 신세가 되기 때문이지."

전기수는 되레 차현수보다 더욱 차갑게 냉소를 하며 대답을 했다.

차현수는 차가운 얼음이 뒷목을 훑고 지나가는 듯한 느낌에 순간 소름이 끼쳤다.

말을 하는 전기수의 눈빛은 집착을 넘어선 광기마저 내보이고 있었다.

"내가 무엇 때문에 노태 그룹의 노태규 회장과 당신을 불렀을까?"

한쪽 입꼬리를 올리며 이죽이는 전기수를 보며, 차현수는 예전의 일을 떠올렸다.

7년 전 가졌던 노태 그룹과의 비밀 회동.

자신과 노태규 회장이 거래한 사실을 전기수가 어떻게 알아냈는지는 모르겠지만 그 일에 대해 말하고 있음이 분명했다.

국회의원 신분인 자신을 저렇게 거리낌 없이 감옥에 집어넣을 수 있다고 주장할 수 있는 일은 그리 많지 않다.

하지만 그것은 무려 7년 전의 일이다.

당시 자신은 아주 은밀하게 노태규 회장을 만나 협상을 했다.

그런데 이제 와서 그 문제를 가지고 나온다는 건 말도 안 된다는 생각이 머리에 스쳤다. 감옥에 있는 전기수가 무슨 일을 할 수 있겠는가?

미심쩍은 얼굴로 이쪽을 보고 있는 교도관을 흘깃 바라본 차현수는 모른 척 태연한 얼굴을 하며 고개를 저었다.

"무슨 소리를 하는 것인지 모르겠군."

하지만 차현수의 반응에도 전기수는 여유를 잃지 않았다.

"아직 감이 안 잡히시나? 아아, 설마 내가 진짜로 알고 있는지 떠보고 있는 건가? 웃기지도 않는군."

전기수는 너무도 여유만만하게 그를 비웃으며 말했다.

"당시 당신이 노태규 회장, 그리고 중국 측과 협상하여 뒷일을 꾸몄다는 사실을 내가 모를 것 같나?"

차현수의 얼굴이 기묘하게 일그러졌다. 그는 다시 교도관 쪽을 곁눈질했다. 속삭이듯이 말했으니 전기수의 목소리가 교도관이 있는 거리에서는 들리지 않았겠지만, 불안하기 짝이 없었다.

전기수는 정말로 그 문제에 대해 다 알고 있는 것이다.

몸에 힘이 턱 풀리는 듯했다.

차현수는 한때 마구 세력을 키워 그를 언제 자리에서 끌어 내려질지 모르는 손발 잘린 허수아비 협회장으로 만들기도 했다.

그런데 전기수는 노태규 회장과의 협상을 통해 몰래 타이탄을 중국으로 넘겼다는 사실을 지금껏 밝히지 않고 있었던 것이다. 자신의 공세에 완전히 밀려 힘을 잃었을 때조차도.

그뿐만이 아니다.

비리 등 범죄 사실이 들통나면서 감옥에 가야만 하는 상황에서도 전기수는 끝까지 자신이 쥐고 있는 카드를 놓지 않고 있었던 것이다.

참으로 무서운 자가 아닐 수 없었다.

전기수는 시기적으로 터트렸을 때 더 강한 효과를 볼 수 있는 때를 계속 기다린 것이다.

포션 유출 건으로 잡혀 들어가게 된 이후, 자신으로부터 사람들의 관심이 사그라들 때까지 기회를 엿보고 있었던 것이다.

다시 한 번 생각해도 전기수는 쉽게 볼 위인이 아니었다. 아무런 명성도 없던 시절 바닥에서부터 인지도를 쌓아, 많은 헌터들의 지지 속에서 헌터 협회 회장의 자리에 오른 인물이다.

차현수 자신이나 구 헌터 협회 간부들은 전기수를 무식하고 앞뒤 가릴 줄 모르는 인간으로 생각하고 있었다.

하지만 그런 생각이 잘못되었음을, 전기수가 철두철미한 계산을 하여 밑바닥에서부터 적을 무너뜨리는 사람이라는 것을 차현수는 비로소 깨달았다.

차현수는 마른침을 삼키며 짐짓 말했다.

"감옥 안에 있는 당신이 뭘 어쩔 수 있다는 거지?"

"아무것도 못하는 상황이면 이렇게 협박하고 있지도 않겠지. 그리고 감옥에 있다는 건 불리한 게 아니야. 안전한 거지. 내가 원하는 대로 해주지 않을 거라면 내 입을 어떻게 틀어막을 건가?"

전기수가 비웃듯 말하자, 차현수의 얼굴이 눈에 띄게 초조해졌다.

그의 말대로였다. 감옥 안에 갇혀 있는 이상, 전기수가 자신에 관련된 증언을 막을 방법은 거의 없었다. 무리해서 막을 수는 있겠지만, 선거가 얼마 남지 않은 시점에서 함부로 몸을 움직일 수 없었다.

"내가 어떻게 해주길 바라지?"

차현수는 더 이상 이야기를 해봐야 자신이 불리해질 것을 깨달았다.

"조금 전에 이야기를 했던 것 같은데? 날 이곳에서 꺼내 달라고 말이야."

"으음……."

차현수는 전기수의 대답에 다시 한 번 작게 신음을 흘렸다.

자신이 아무리 국회의원이지만 죄목이 워낙 무거운 전기수를 쉽게 빼낼 수는 없었다.

하지만 그의 말을 들어주지 않을 수도 없다.

만약 그의 말을 듣지 않는다면 분명 전기수는 이 일을 터트릴 것이다.

그렇게 되면 자신은 물론이고 노태규 회장, 그 외 연관된 많은 사람들이 새끼줄에 굴비 꿰듯 줄줄이 법정에 서게 될 것이 분명했다. 전기수를 빼내주는 것 이상으로 그의 경력에 때 아닌 벼락이 내리치게 되리라.

그는 고심하며 생각에 잠겼다.

아무런 말도 하지 않는 그를 노려보며 전기수가 으르렁거렸다.

"방법은 알아서 해. 날 이곳에 가둔 놈들을 용서하지 않을 거야."

마치 상처받은 짐승이 울부짖는 듯했다.

"그리고 내 말을 듣지 않는다면 너 또한 무사하진 못할 거다."

광기 어린 눈을 보며 기가 질린 표정을 지은 차현수가 결국 대답했다.

"…일단 알겠소. 방법을 알아볼 터이니 조금 기다리시오."

이미 칼자루를 누가 쥐었는지는 판명이 났다. 이야기를 더 할수록 자신만 불리해진다.

차현수는 더 이상 이곳에 있고 싶지 않았다. 될 수 있으면 앞으로도 전기수와 관련되고 싶지 않았다.

진저리를 치며 차현수가 도망치듯 일어섰다.

'나중에 어떻게든 처리한다.'

그런 생각을 굳힌 차현수는 면회실을 빠져나갔다.

한편 전기수는 허공 어딘가를 보며 입술을 물어뜯었다.

'기다려라! 날 구렁텅이로 밀어 넣은 너희를 내가 용서하

지 않을 것이다.'

하지만 전기수가 현재 교도소에 있는 것은 모두 자기 자신의 잘못 때문이었다.

재판장에서 그에게 언도된 죄목은 어느 것 하나 과장된 부분이 없는 사실이었다.

그는 헌터 협회장을 역임하는 동안 각종 기업들과 헌터 클랜에서 많은 뇌물을 받고 있었으며, 그 대가로 협회의 힘을 실어주었다.

뿐만 아니라 정진이 헌터 협회를 배려하여 넘겨준 아티팩트의 경매 운영권이 마치 자신의 것인 양, 뇌물을 바친 클랜이나 기업에 우선 낙찰되도록 경매를 조작하기까지 했다.

그리고 가장 죄목이 무거운 전략물자인 포션의 불법 해외 반출만도 그렇다.

전기수는 아들의 직장에 도움을 주기 위해 포션의 일부를 빼돌려 분배했고, 전기수의 아들은 그것을 해외로 판매한 실적으로 승진까지 했다.

포션의 판매는 정진이 그동안 쭉 자신을 암묵적으로 지지해 준 전기수 회장을 믿고 일임했던 것인데, 전기수는 그 믿음을 배신하고 악용해 사익을 챙겼다.

물론 정진이 그러한 사실을 전혀 모르고 있었던 것은 아니었다.

아티팩트나 포션의 유통은 워낙 악용될 경우 위험성이 큰 일이라고 판단하고, 말은 하지 않았지만 예의 주시하고 있었다.

언젠가부터 전기수 회장이 전과 같지 않음을 느끼고 은밀하게 그의 행보를 따로 감시하기도 했다.

사람은 언젠가는 변하기 마련이다.

차현수라는 강력한 적이 가까이 있었을 때는 그가 끼어들지 못하도록 하기 위해 자신과의 유대를 키우기 위해 노력했지만, 차현수가 헌터 협회에서 사라지자 점차 태도를 바꾼 것이다.

더 이상 자신을 위협할 존재가 없다는 것을 확인하자, 전기수는 일개 헌터에 불과한 정진과 동맹을 하고 있는 것이 꺼려졌다.

그래서 동맹을 깨고 정진과 아케인 클랜을 굴복시키려 했던 것이다.

하지만 전기수보다 정진이 한 수 빨랐다.

마법이란 힘은 전기수가 생각하는 것 이상의 능력을 가지고 있다.

과학으로는 재현이 불가능한 것도 많다.

전기수 역시 도청, 감시 등 물리적인 부분은 막기 위해 최선을 다한 모양이지만, 마법을 막을 수 있는 방도는 없었다.

만약 전기수 곁에 정진과 비슷한 능력을 가진 존재가 있었다면 또 모르지만, 정진은 측근인 동생들을 제외하면 지구 유일의 마법사였다.

그러니 정진의 승리가 정해진 싸움일 뿐이었다.

당연히 정부도 정진의 손을 들어주었고, 전기수 회장의 오른팔이었던 이기동도 돌아섰다.

그럼에도 전기수는 자신이 먼저 배신을 하고 불법을 저지른 것은 생각지도 않았다. 그저 적반하장으로 정진과 자신을 배신한 이기동을 저주하고 있었다.

Chapter 4
일본의 초인 연구소

"으아아! 죽어! 죽어! 죽어!"

봉두난발의 한 사람이 커다란 검을 마구 내려치며 '죽어!'라는 말을 계속해서 되풀이하고 있었다.

그 사내가 내려치는 물체는 이미 그 형태를 알아보기 힘들 정도로 다져져 있어 걸레를 방불케 하였다.

검붉은 피와 살점이 튀어 그의 얼굴은 물론이고 아무렇게나 자란 머리와 몸을 적시며 지저분하게 만들고 있었지만, 그는 마치 그 행동을 지속하는 것만이 자신이 살 길이라고 믿는 듯 멈칫하지도 않았다.

한편, 그런 사내를 조금 떨어진 곳에서 지켜보는 사람들이 있었다.

"어떻습니까?"

"아직 더 두고 봐야 할 것 같습니다."

"알겠습니다. 그럼 다음으로 넘어가죠."

"예."

창살 너머 봉두난발을 한 광인이 맹목적으로 몬스터의 사체를 다지는 모습을 잠시 지켜보던 사람들은 발걸음을 옮겨 다른 방으로 향했다.

그곳은 조금 전 방과는 사뭇 다른 모습이었다.

방 자체는 비슷한 모습이었지만, 그 안에 있는 사람은 전 방에 있던 사람과는 180도 다른 모습이었다.

단정히 자른 머리에는 포마드를 바른 듯 윤기마저 잘잘 흐르고 있었으며, 할리우드 스타일의 콧수염까지 기르고 있어 젠틀하고 점잖은 신사처럼 보였다.

하지만 그런 얼굴과는 다르게 그의 몸은 온통 몬스터의 피로 검붉게 물들어 있었다.

"후우……."

몬스터를 베어낸 그는 작게 호흡을 내뱉고 들고 있던 긴 칼을 휘둘러 검신에 맺힌 핏물을 털어냈다.

한 번 휘두르는 것으로 맺혀 있던 핏물이 후두둑 떨어지며 바닥을 물들였다. 그는 감흥 없는 얼굴로 칼을 칼집에

넣고는, 제자리에 무릎을 꿇고 앉았다.

그러고는 자신의 왼쪽에 칼을 내려놓은 뒤 전면을 주시하였다.

[잠시 뒤 트롤이 나타납니다. 트롤을 상대하십시오.]

방구석에 있는 스피커에서 방송이 나왔다.

트롤은 그가 가진 일본도처럼 예리한 병기로는 상대하기 아주 어려운 몬스터였다.

그러나 스피커 너머의 사람들은 그에게 무기를 교체할 시간을 줄 생각이 없었고, 검을 옆에 내려놓은 채 앉아 있는 그도 딱히 그러고 싶은 표정이 아니었다.

또한 아무도 이 상황에 대해서 이상하게 여기지 않았다.

그저 자신에게 주어진 일을 아무런 감정 없이 기계적으로 행할 뿐.

그그그긍!

남자가 보고 있는 전면의 벽이 열리고, 안에 있던 철창이 보였다.

그 안에는 2.5m에 이르는 아직 덜 자란 트롤이 들어 있었다.

그워억! 워웍!

트롤은 철창 사이로 보이는 사내의 모습에 괴성을 지르며 난동을 부리기 시작했다.

트롤은 갑자기 잡혀온 이후 철창에 갇힌 채 어딘가로 옮겨져 그동안 줄곧 방치되었다.

그동안 아무것도 먹지 못해 허기가 진 트롤은 눈앞에 보이는 인간을 잡아먹으려 광분하며 철창을 흔들어 댔다.

끼이익! 쿵!

드디어 철창의 문이 열렸다.

꾸워억!

철창이 열리자마자 트롤은 괴성을 지르며 앞으로 빠르게 뛰어나갔다.

트롤의 눈에는 다른 것은 들어오지 않았다.

너무도 허기가 진 나머지 눈앞의 먹이만이 전부였다.

하지만 트롤과 마찬가지로 철창이 열리기를 기다리고 있던 남자는 결코 쉬운 먹이가 아니었다.

우선적으로 그에게는 날카로운 일본도가 있었다.

수련용의 약한 가검이 아니라 대몬스터용으로 제작된 고강도 특수 합금으로 만들어진 칼이었다.

그레이트 소드처럼 몬스터를 뭉개고 부수듯 사냥할 순 없지만, 실력에 따라서 얼마든지 몬스터를 조각내 버릴 수도 있는 아주 예리하고 튼튼한 무기였다.

"하압!"

무릎을 꿇고 앉아 있던 사내는 뛰어나오는 트롤에 맞서

강렬한 기합과 함께 왼쪽에 내려놓은 일본도를 한손에 쥐고 빠른 손놀림으로 발도했다.

칼집에서 나온 칼은 바람을 가르는 날카로운 소성을 내며 사선으로 뻗어나갔다.

그런데 이상한 것이 있었다.

아직 트롤이 일본도의 궤적 안으로 들어오지도 않았건만, 사내가 망설임도 없이 빈 허공에 칼질을 한 것이다.

꾸억?

트롤도 그것이 이상했는지 고개를 갸웃거렸다.

하지만 그것도 잠시, 이상한 물체가 눈에 들어왔다.

눈앞에 뭔가가 자신의 앞으로 불쑥 튀어나갔다.

사선으로 잘려진 단면, 그 밑으로는 초록색의 보기 싫은 돌기가 우둘투둘하게 난 두꺼운 무언가가 움직이고 있었다.

그리고 자신의 시야는 어쩐지 빠른 속도로 아래로 내려가고 있었다.

트롤은 그제야 아래쪽으로 시선을 내렸다.

하반신이 사라지고 보이지 않았다.

살아 있을 때의 의지 그대로 뛰쳐나간 하반신은 점차 힘을 잃으며 거꾸러졌다.

크와악!

트롤이 자신의 상태를 인식하고 비명과 같은 괴성을 지를 때, 발검한 칼을 튼 사내가 한 걸음 트롤의 상체 쪽으로 다가갔다. 그러고는 칼을 높이 들어 수직으로 내리 그었다.

다시 한 번 바람을 가르는 듯한 소리가 들리고, 더 이상 트롤의 괴로운 비명은 들리지 않게 되었다.

쿵!

그 자리에는 수직으로 갈라진 트롤의 상체가 덩그러니 남아 있었다. 잠시 조용하던 단면에서 피가 주르륵 흘러내렸다. 단면은 자로 잰 듯 선명하고 깔끔했다.

이 모든 것이 불과 수 초 안에 일어난 일이었다.

트롤을 처리한 사내는 조금 전과 같이 자리로 돌아가 변함없는 얼굴로 앉았다.

짝! 짝! 짝!

사내가 트롤을 잡는 모습을 보고 있던 사람들은 일제히 박수를 쳤다.

"훌륭하군요."

그들은 모두 만족스러운 표정을 지으며 고개까지 끄덕였다.

[그만! 방을 나오세요.]

스피커에서 또다시 안내 멘트가 나오자, 무릎을 꿇고 대기를 하던 사내가 자리에서 일어나 뒤쪽에 있는 문을 통해 방을 빠져나갔다.

헌터 프론티어

창 밖에서 지켜보던 사람들이 사내의 뒷모습을 보며 저마다 수군거리기 시작했다.

"저 정도면 완성된 것 같습니다."

"그렇습니다. 드디어 우리도 해냈군요."

이야기를 나누는 사람들은 입가에 미소를 지으며 무척이나 기뻐하고 있었다.

"흠, 그런데 왜 A―4와 A―58가 그렇게까지 차이가 나는 것인지…….."

가운데 있던 왜소한 체구의 사내가 작게 중얼거렸다.

그러자 방금 전까지만 해도 기뻐서 좋아하던 사람들의 표정이 굳어졌다.

트롤을 단 두 번의 칼질로 절단을 내버린 사내 A―58과, 그 옆에 존재하는 방에서 광기에 차서 몬스터를 편육으로 만들고 있던 A―4의 차이점을 알 수가 없었기 때문이다.

두 사람은 비슷한 체격에, 같은 몬스터 헌터였다.

그것도 둘 다 6급 정도로 꽤 괜찮은 실력을 가진 헌터였는데, 실험 후 결과는 달랐다.

신체 조건이나 몬스터 헌터 등급은 비슷했지만 하나 다른 것이 있었다.

A―4는 일본 내에서도 앞날이 기대되는 영건이었고, 반

대로 A—58은 한국에서 잘 나가는 그룹 오너의 자식이었으나 반 폐인이 된 자였다.

그들은 당연히 A—58보다는 A—4가 훨씬 자신들의 실험에서 좋은 결과를 낼 것이라 예상했다.

코드명에서 알 수 있듯 상태가 좋은 실험체들에겐 앞자리 숫자를, 약간 결격이 있는 실험체에는 뒷자리 숫자의 코드를 주었기 때문이다.

하지만 결과는 그 반대로 나타났다.

앞자리 코드를 받은 존재들 중 실험에 성공한 사례가 드물었던 것이다.

오히려 뭔가 결격이 있던 뒷자리 실험체들 속에서 성공 사례가 많이 나왔다.

그리고 그 최고 작품이 바로 조금 전 방을 나간 A—58이었다.

실험의 성패를 가리는 요인이 대체 무엇인지, 오랫동안 실험을 진행했음에도 아직 밝혀지지 않았다.

왜소한 체격의 사내는 그 점을 지적한 것이다.

"박사님, 아무래도 집중력의 차이가 아닐까 싶습니다."

그의 옆에 있던 작고 오밀조밀한 이목구비를 가진 젊은 여성이 대답했다. 박사라고 불린 왜소한 체구의 사내가 고개를 갸웃거렸다.

"집중력? 그렇게 생각하는 이유라도 있나?"

"예, A—58은 한국에서 뭔가 커다란 충격을 받은 탓에 정신이 온전치 못하게 된 자가 아닙니까?"

"그랬지."

지금 새로운 가설을 제기한 여성의 이름은 오보카타 루코, 이 연구소 소장인 이시히 지로의 제자 중 한 명이었다.

또한 실험체 A—58의 담당자이기도 했다.

"저는 A—58의 자아를 더욱 망가뜨려 정신 연령을 2세 정도로 낮췄습니다."

언젠가 그런 보고를 받은 것 같기도 했다.

몇몇 실험체의 정신이 온전치 못하니 아예 리셋시켜, 처음부터 자신이 직접 가르쳐 보겠다고 보고한 것이다. 그때는 뒷자리 실험체들을 단순히 조건이 다른 표본 정도로만 생각했던 그는 별생각 없이 승낙해 주었다.

"저는 멀쩡했던 A—4나 다른 상위 실험체들이 실험 도중 자아가 붕괴되고 자아가 퇴행하는 것을 보고, 몸에 과도하게 주입한 마정석 에너지로 인한 부작용이 아닐까 생각했습니다."

루코는 그동안 다른 동료 연구원들로부터 손가락질을 받으면서도 묵묵히 해온 일들을 하나하나 떠올리며 설명을 이어갔다.

"그래서 제가 담당하고 있던 A—58의 자아를 완전히 붕괴시킨 것입니다. 부작용이 일어날 여지를 아예 없앤다는 생각으로 말입니다."

왜소한 체구의 사내, 이시히 지로는 그녀의 말에 조금씩 흥미로운 표정을 지었다.

"그런데?"

"교육을 통해 그 위에 새롭게 자아를 형성시켜 저와 유대 관계가 생기도록 하니, 오히려 정신이 온전하지 않은 몇몇 실험체들이 적극적인 자세로 실험에 참여하기 시작했습니다."

이야기를 들은 지로는 그제야 어떻게 A—58과 같이 문제가 있던 실험체가 실험에서 성공을 거둘 수 있었는지 깨달았다.

"네 말이 사실이라면, A—4도 다시 자아를 붕괴시키고 새로운 자아를 주입한다면 성공을 할 수 있겠군."

루코는 미리 준비해 둔 자료를 지로에게 보여주며, 정말로 하고 싶었던 이야기를 꺼냈다.

"그뿐만이 아닙니다, 박사님."

"응? 뭔가 더 있나?"

자료를 받아 든 지로가 그것을 펼쳤다.

루코는 의미심장한 목소리로 천천히 운을 떼었다.

"처음부터 자아가 형성되지 않은 유아를 대상으로 실험을 한다면… 어떻게 될까요?"

지로는 깜짝 놀라 자료를 넘기던 손을 멈추고 루코를 바라보았다.

아직 자아가 형성도 되지 않은 영유아를 실험체로 삼는다?

하지만 이시히 지로가 놀란 것은, 그것이 지극히 비윤리적인 실험이기 때문이 아니었다.

그 가설이 맞을 경우 얼마나 엄청난 결과를 이끌어낼 수 있을지 상상도 되지 않았기 때문이다.

갓난아기 때부터 마정석의 에너지를 주입받아 키운 아기라면 성인이 된 이후 마정석 에너지를 주입한 사람보다 훨씬 더 엄청난 능력을 지닐 것이 분명했다.

어쩌면 이론상으로만 존재하는 1급 헌터를 만들 수 있을지도 모른다는 생각이 들자 지로는 머릿속에 불이 켜지는 듯했다.

"흥미로운 가설이야. 좋아, 그 연구는 네가 전담해서 연구해 보도록. 필요한 것이 있다면 모두 지원해 주마."

"감사합니다, 박사님."

루코가 고개를 숙였다.

아마 감격한 나머지 눈물이 고인 것처럼 보였으리라. 하지만 고개를 숙인 그녀의 입가에는 기묘한 미소가 떠올라 있었다.

다른 제자들보다 늦게 연구생으로 들어온 탓에 지금까지 다른 제자들의 연구를 보조하는 일만 했는데, 드디어 자신의 가설에 따라 연구를 주도할 수 있게 된 것이다.

"일단 지금까지 A—58이나 다른 실험체들을 연구한 기록들을 정리해서 보고해."

"알겠습니다. 곧 준비하겠습니다."

말을 마친 이시히 지로가 복도를 빠져나갔다.

그런 지로의 뒤를 몇몇 연구원들이 따라나섰고, 남아 있는 연구원들 중 일부는 방금 전 개인 연구를 할 수 있는 권한을 부여받은 오보카타 루코를 부러운 눈으로, 또는 질투의 눈빛으로 쳐다보았다.

이곳은 일본 생명공학계의 전설인 이시히 지로가 소장으로 있는 초인 연구회 산하 연구소였다.

후지산 인근의 32㎢에 이르는 넓은 부지 안에 자리하고 있으며, 이 일대 전체가 극비리에 주변을 경계하고 있는 일본군에 의해 철통 보호되었다.

이 연구소는 일본 정부는 물론 대다수의 기업들로부터 막대한 예산을 지원받아 각종 실험을 하고 있었고, 사실상 연구에 제한이 없었다.

조금 전의 A—58이나, 미쳐서 몬스터를 다지고 있던 A—4 모두 이시히 지로가 진행하는 인체 실험의 대상이었다.

　　　†　　　　　†　　　　　†

한편 트롤을 조각내 버린 사내, A—58은 실험실을 빠져나가 또 다른 방으로 들어갔다.

조금 전과는 달리 그곳은 아무것도 없는, 그저 몬스터를 상대로 전투를 벌이기 위해 만들어진 장소가 아니었다. 누군가 생활을 하는 공간으로 보였다.

옷장이나 책상도 있고, 의자와 탁자, 방 한쪽에는 편안해 보이는 침대까지 있었다.

사내는 아무런 감정도 묻어나지 않는 표정으로 방에 들어와서는 방 한쪽에 마련되어 있는 샤워실로 들어가 조금 전 튄 트롤의 피를 씻어냈다.

샤워를 하고 나온 사내는 얇은 가운만을 걸친 채 소파에 걸터앉았다.

달칵.

문이 열리는 소리가 들렸음에도 사내는 아무런 관심도 없는지 고개도 돌리지 않고, 마치 인형처럼 소파에 앉아 있었다.

방 안으로 들어선 오보카타 루코는 사내의 등 뒤에서 껴안았다.

"태랑, 수고하셨어요."

쪽!

그녀는 사내의 이름을 부르며 그의 입술에 키스를 하였다.

조금 전까지만 해도 마네킹처럼 반응이 없던 A—58이 오보카타의 키스에 반응을 보이기 시작했다.

팔을 들어 그녀의 머리를 붙잡았다.

그리고 그녀의 입술이 떨어지지 않게 머리를 고정을 시킨 뒤 그녀의 입 안으로 침범을 하기 시작했다.

"으응!"

자신의 입 안으로 사내의 혀가 침입을 하자 루코는 오히려 자신의 혀를 움직여 마중을 하였다.

그러고는 마치 뱀이 담을 넘듯 소파를 타고 넘으며 사내의 품으로 파고들었다.

입술과 입술이 부딪히고 혀와 혀가 뱀처럼 엉키며 서로를 탐닉하기 시작했다.

"응으응! 태랑, 안아줘요."

루코는 코맹맹이 소리와 함께 듣는 이로부터 심장을 뜨겁게 하는 말을 하며 엉겨 붙었다.

그런 그녀의 요구에 사내는 그녀를 번쩍 들어 올렸다.

사내의 체구에 비해 너무도 아담한 그녀는 사내의 품에 안겨 침대로 옮겨졌다.

그녀를 침대에 뉘인 사내는 급히 루코의 옷을 벗기기 시작했다.

순식간에 루코는 속옷만 입은 상태가 되었다.

그녀의 모습을 확인한 사내는 자신이 입고 있던 가운도 벗어 던지고는 그녀의 위로 몸을 이동했다.

"흐응!"

사내의 몸이 자신의 위로 느껴지자 루코는 흥분에 자신도 모르게 신음을 흘렸다.

그 신음은 사내의 욕망에 기름을 붓는 것이나 다름이 없었다.

몸 위를 덮친 사내는 그녀의 가슴을 압박하고 있던 브래지어를 풀러 침대 밖으로 던져 버렸다.

그리고 천천히 그녀의 가슴을 애무하기 시작했다.

마치 아기가 엄마 젖을 찾듯 사내는 그렇게 루코의 젖가슴을 빨고 애무를 하였다.

"하!"

사내가 자신의 가슴을 빨자 루코는 숨넘어가는 한숨을 쉬었다.

하지만 그것도 잠시 루코의 입에서 안타까운 한숨이 연이어 들려왔다.

이미 그녀는 잔뜩 흥분해 있었다.

그런데 어찌된 일인지 사내가 다음 단계로 넘어가지 않았다.

하지만 그녀는 사내를 다그치지 않았다.

그녀는 어떻게 해야 그가 자신이 원하는 행동을 할지 알고 있었다.

루코는 사내의 손을 잡고는 빈 자신의 한쪽 가슴 위에 올려두었다.

그러고는 그의 손 위에 얹힌 자신의 손에 힘을 주어 움켜쥐게 만들었다.

그러자 강제로 그녀의 가슴을 움켜쥐게 된 사내는 마치 고무공을 쥐었다 폈다 하는 것처럼 그녀의 가슴을 주물럭거리기 시작했다.

"흐응!"

가슴에서 시작된 열기가 점점 그녀의 몸을 덥히기 시작했다.

열기는 전신을 돌다 그녀의 신체 한곳에서 멈추며 하반신을 적셨다.

"태랑! 내게로 들어와! 어서!"

그녀는 더 이상 참지 못하고 사내에게 최종적인 행동을 하길 요구했다.

사내도 어느 사이 본능이 깨어난 것인지 그녀의 남은 천조각을 잡아 내렸다.

루코는 사내가 자신의 팬티를 벗기기 쉽도록 허리에 힘을 주어 엉덩이를 들어주었다.

조그만 그녀의 팬티는 아무런 저항도 없이 너무도 쉽게 그녀의 몸에서 떠나갔다.

그리고 마침내 사내의 신체 일부가 그녀의 안으로 들어가자 루코는 헛바람 빠지는 신음을 흘렸다.

"헉!"

곧 방 안에는 남녀의 거친 숨소리와 열기만이 가득해졌다.

한차례 열풍이 휩쓸고 지나간 방, 오보카타 루코는 훤하게 드러난 나체를 가릴 생각도 하지 않고 상대의 품에 안겨 있었다.

"태랑은 언제나 대단해요."

미녀의 칭찬을 들어서일까? 아무런 표정도 없이 마치 인형처럼 있던 사내의 입가에 살짝 미소가 비쳤다.

그런 사내의 표정을 읽었는지 그녀는 살짝 미소를 지으며 말을 이었다.

"지로 소장님께서 불러서 이만 가봐야 해요."

루코의 말을 들은 사내는 조금 전 미소를 지었던 것과는 반대로 미간을 찌푸렸다.

감정의 변화를 잘 나타내지 않는 사내에게 그것은 무척이나 커다란 감정 표현이었다. 루코가 이시히 지로 소장에게 가는 것을 싫어하는 것이다.

"아기처럼 왜 그래요? 금방 보고만 하고 올게요."

루코는 마치 떼를 쓰는 아이를 달래듯 살며시 그의 입술에 키스를 해주었다.

하지만 그때까지도 사내의 표정은 펴지지 않았다.

"후후!"

그런 사내의 모습에 루코는 미소를 지으며 자리에서 일어나 샤워 부스로 들어갔다.

물소리로 가득한 방 안, 여전히 무표정한 얼굴로 침대에 남아 있던 사내는 조용히 몸을 일으켰다.

그의 표정은 그 어느 때보다 차갑게 식어 있었다.

조금 전의 분위기가 믿기지 않을 정도였다.

몸에 실오라기 하나 걸치지 않은 알몸으로 샤워 부스를 나온 루코는 그런 자신의 몸을 보이는 것에 전혀 거리낌이 없었다.

아직 물기가 맺힌 몸으로 책상 앞에 앉은 그녀는 서랍에서 화장품을 꺼내기 시작했다.

이 방이 그녀의 방은 아니지만, 오래전부터 두 사람은 다른 사람들의 시선을 피해 관계를 맺고 있었다. 다른 사람에게 들키지 않기 위해 화장품을 비롯한 소지품을 미리 사내의 방에 가져다 숨겨놓은 것이다.

잠시 뒤 화장을 끝낸 루코는 아직까지 침대에 앉아 있는 사내에게 다가가 키스를 하고는 방을 빠져나갔다.

"이따 저녁 때 봐요."

탁!

방문이 닫히고, 루코가 나간 문을 노려보던 사내가 조용히 침대에서 일어났다.

하지만 그것도 잠시, 이내 몸을 돌린 그는 샤워 부스 안으로 들어갔다.

"으음, 흥!"

소장인 이시히 지로에게 보고를 하러 온 루코는 다시 한 번 알몸이 되어 있었다.

60대의 나이가 무색하게도 이시히 지로의 육체는 무척이나 단단하였고, 젊은 루코의 육체는 이시히 지로의 밑에 깔려 허덕였다.

이미 한차례 육체의 향연을 즐기고 왔지만 이시히 지로에 의해 다시 한 번 불이 붙은 듯, 루코는 환희로 가득 차 있었다. 두 사람은 소장실에서 뜨겁게 타올랐다.

"으윽!"

루코의 뒤에서 힘을 쓰던 이시히 지로는 마지막 힘을 짜내 스퍼트를 올렸다. 이에 맞춰 루코 또한 허리를 튕겼다.

"흑!"

그렇게 빠르게 허리를 움직이던 둘은 한순간 움직임을 멈추었다.

하체에서 폭발하는 사출감을 느끼며 이시히 지로가 짧은 신음을 흘리고, 오보카타 루코 또한 그 움직임에 맞춰 짧은 신음을 흘렸다.

열기가 떠도는 소장실 안.

오보카타 루코는 얼른 몸을 일으켜 소장실 한쪽에 있는 준비실에 들어갔다. 다시 나온 루코의 손에는 물수건이 들려 있었다.

"감사합니다."

무엇이 감사하다는 것인지, 벗은 몸을 가릴 생각도 없이 루코는 땀에 젖은 이시히 지로의 몸을 닦으며 감사의 표시를 했다. 그리고 지로는 마치 그게 당연하다는 듯 자신의 몸을 닦는 것을 대답 없이 지켜보았다.

어느 정도 정리가 되자 두 사람은 다시 옷을 입고 연구소 소장과 연구원의 모습으로 돌아갔다.

"좋군."

루코가 가지고 온 연구 일지를 살펴보던 이시히 지로가 짧게 감상을 평했다.

이시히 지로의 짧은 말에 오보카타 루코의 얼굴이 붉게 상기되었다.

그의 한마디에 바로 자신의 미래가 결정된다. 자신의 연구가 인정받았다는 생각에 루코는 당장 일어나서 춤이라도 추고 싶은 심정이었다.

"A―58에게 에너지를 5㎖ 더 주입하도록."

"5㎖ 더 말씀이십니까?"

"그래, 상태를 보니 안정적이고 괜찮을 것 같군."

"너무 많은 것 아닐까요? 현재 있는 실험체 중에 가장 성공적인데⋯⋯."

루코가 망설이듯 물었다.

하지만 이시히 지로의 결정은 번복되지 않았다.

"조금 다른 것을 시험하려고 한다."

"다른 것이요?"

"현재까지 밝혀진 대로라면, 인간이 마정석의 에너지를 받아들이는 한계점은 한 번에 30㎖다."

"그렇습니다. 하지만 현재 A—58에게는 그 두 배인 60㎖를 주입하고 있습니다."

루코는 실험체 A—58이 이미 한계 이상의 에너지를 주입받고 있음을 어필했다.

하지만 지로는 차가운 표정으로 말을 하였다.

"물론 네 말대로 A—58은 훌륭한 실험체다. 하지만 겨우 반도 출신의 실험체가 우리의 연구의 성공 사례로 남게 둘 순 없지."

이시히 지로는 이상한 논리를 언급하며 자신의 결심을 굽히지 않았다.

"알겠습니다."

실험체 A—58과 육체관계를 가지고 있는 루코로서는 방금 지시가 그리 마음에 들지 않았다. 하지만 그렇다고 자신의 미래를 포기하면서까지 그를 지켜줄 생각은 없었다.

자신의 육체를 덥혀줄 존재는 다시 또 구하면 되는 일이다.

한계의 두 배나 되는 양을 주입받고 있지만 현재 A—58은 별다른 거부반응 없이 받아들이고 있다.

60㎖에서 5㎖ 더 추가되는 것이니 어쩌면 아무런 이상이 없을지도 모른다.

"그럼 나가 봐."

"네."

밖으로 나가는 루코의 뒷모습을 지켜보는 이시히 지로의 눈은 아직도 욕망으로 번들거렸다.

이곳 연구소 내에서도 그녀의 남성 편력은 유명했다.

오보카타 루코는 스승이자 연구소 소장인 이시히 지로는 물론, 그의 수제자인 사카모토 료와도 섹스 파트너 관계였다.

소문에 의하면 그녀는 대학 재학 시절에도 많은 남성과 그런 관계를 유지했으며, 학위를 딸 때도 스승인 이시히 지로에게 몸을 던져 학위를 취득했다고 한다.

그 소문은 이시히 지로가 국책 사업인 이 초인 프로젝트를 연구하면서 갓 박사 학위를 받은 그녀를 연구소에 발탁을 하면서 기정사실화되었다.

그렇다고 그녀가 실력이 아주 없는 것은 아니었다.

다만 젊은 나이의 여성 생명공학자가 성공을 하기 위해선 확실한 후견인이 필요했고, 루코는 그 후견인으로 소장인 이시히 지로를 선택했을 뿐이다.

그리고 지금까지 그 관계는 계속 지속되고 있었다.

띠! 띠! 띠! 띠!

음이 일정하게 울리는 것을 확인한 루코는 체크리스트에 측정기에 나온 수치를 적었다.

뒤로 뉘인 의자에 기댄 채 루코의 모습을 무심히 쳐다보던 사내가 문득 입을 열었다.

"루코."

"응?"

"오늘은 무엇을 하는데, 이렇게 많은 전선을 내 몸에 붙이는 거지?"

사내는 자신의 몸에 붙어 있는 전선들이 마음에 들지 않는 듯했다. 그의 말투에는 약간의 짜증이 묻어났다.

자신이 좋아하는 루코가 손수 붙여주었기에 별달리 거부는 하지 않았지만 그것들이 신경 쓰이는 것은 어쩔 수 없었다.

"응, 오늘은 지금까지랑은 달리 다른 아주 강한 괴물과 싸워야 해."

루코는 사내의 눈을 바라보며 마치 엄마가 떼를 쓰는 아이를 달래듯 부드러운 목소리로 말했다.

그러면서도 한 손으로는 사내의 몸을 터치하고 있었는데, 사내는 그런 루코의 손길이 싫지 않은 듯 살며시 눈을 감으며 그 손길을 느꼈다.

"자, 주사 맞을 시간이야."

루코가 말하자, 눈을 감고 있던 사내가 움찔하며 눈을 떴다.

"안 맞으면 안 돼?"

사내의 눈동자는 살짝 흔들리고 있었다.

주사를 맞으면 몸이 무척이나 아프다.

그는 그것이 싫었다.

"그런 말 하는 것 아니라고 했죠? 이건 태랑을 위해 제가 준비한 것이에요."

사내는 루코의 말에 시무룩한 표정이 되었다.

그가 이 연구소에서 가장 좋아하는 사람은 바로 루코였지만, 이것만큼은 정말이지 너무도 싫었다.

분명 주사를 맞고 나면 몸에서 힘이 나고, 또 무서운 괴물과 싸움을 할 때도 전혀 두렵지 않았다.

하지만 너무도 아팠다. 마치 풍선에 바람을 계속해서 불어 넣으면 뻥 하고 터져 버리는 것처럼, 몸이 전부 터져 버릴 것만 같은 감각이 느껴지곤 했던 것이다.

루코가 어두워진 사내의 얼굴을 어루만지며 그를 달랬다.

"대신 시험이 끝나면 또 나의 몸을 만질 수 있게 해줄게요. 알았죠?"

"응, 알았어."

사내는 루코의 말에 고개를 들며 언제 그랬냐는 듯 밝게 웃었다.

루코의 몸은 자신을 포근하게 안아주는 것만 같았다.

소프트 아이스크림보다도 더 달콤하고 향기로운 그녀의 몸을 생각하니 사내의 신체 일부가 부풀어 올랐다.

의자에 누워 있는 상태에서 벌어진 일이라 그를 내려다보고 있던 루코의 눈에도 사내의 신체 변화가 들어왔다.

하지만 루코는 별로 신경 쓰지 않았다.

그것은 사내가 아직도 자신의 품에서 벗어나지 못했다는 증거였다.

'태랑, 미안해! 하지만 난 꼭 성공해야만 해.'

자신을 좋아하는 이 몸만 건장한 사내에게 조금은 미안한 생각이 들기도 했지만, 그녀는 자신의 야망을 위해 불쌍한 이 사내의 춘정을 이용하고 있을 뿐이었다.

"오늘은 다른 때보다 더 아플 거예요. 하지만 태랑은 참 을성이 많은 어른이잖아요. 참을 수 있죠?"

자신을 향해 질문을 하는 루코의 말에 사내는 말없이 고개를 끄덕였다.

하지만 그 눈에는 두려움이 가득했다.

루코는 선반 위에 있는 트레이에서 주사기를 꺼내 들었다.

주사기의 모습에 사내는 자신도 모르게 신음을 흘리며 몸에 힘을 주었다.

"괜찮아요. 금방 끝나요."

총 모양의 주사기를 든 루코는 그것을 사내의 오른쪽 어깨에 대고 주사를 하였다.

핏!

바람이 빠지는 듯한 소음이 들리고 잠시 뒤.

사내는 끔찍한 비명을 지르기 시작했다.

"아아악! 으아악!"

오른쪽 어깨를 통해 들어온 고통이 온몸으로 퍼져 나갔다. 사내는 견딜 수 없는 고통으로 비명을 지르며 발광을 하였다.

하지만 그의 몸은 의자에 구속이 되어 있었기에, 자리를 벗어날 수는 없었다.

사내에게서 한 걸음 물러난 루코는 그런 사내의 변화를 지켜보며, 간간이 측정기의 그래프를 들여다보았다.

혹시나 특별한 변화가 있는지 살피는 것이다.

평소보다 5㎖나 많은 정제한 마정석 에너지를 주입시켰

으니 뭔가 변화가 있을 것은 당연했다.

그러니 변화가 일어나는 것을 한순간도 놓칠 수는 없었다.

"아아악! 루코! 너무 아파! 아파!"

철컹! 철컹!

발광을 하는 사내로 인해 고정된 금속제 침대가 부러질 것처럼 요란한 소리를 냈다.

"으아악! 으으!"

너무도 심한 고통으로 인해 눈가의 혈관이 터지고, 사내의 눈에서 피눈물을 흘러내렸다. 고통을 참기 위해 다물고 있는 입에서도 핏물이 비쳤다. 너무 꽉 다문 탓에 잇몸에 피가 고인 것이다.

"허억! 허억!"

사내는 몸 내부에서 일어나는 고통에 정신을 차릴 수가 없었다.

오늘은 다른 때보다 더 고통이 심했다.

붉게 변한 그의 눈에는 주변이 온통 불타오르는 듯 시뻘겋게 보였다.

고통 속에서 그는 문득 코끝을 간질이는 어떤 달콤한 향기를 느꼈다.

'어디서 나는 것이지?'

사내는 고통스러운 가운데에서도 시선을 옮기며 향기의 출처를 찾았다.

방금 전 맡은 향기를 품으면 지금 몸을 터뜨릴 것만 같은 고통에서 해방이 될 것만 같은 느낌이 들었다.

하지만 그가 무엇 때문에 주변을 두리번거리는지 이해하지 못한 루코는 잠시 물러났던 몸을 이끌고 사내의 곁으로 한 걸음 다가갔다.

"태랑, 무슨 일인가요?"

너무도 알 수 없는 행동을 하는 사내의 모습에 어떤 변화가 있는지 알아보기 위해 루코는 그에게 다가가 질문을 하였다.

갑자기 예민해진 감각 안으로 낭랑한 목소리가 들렸다.

이에 사내는 본능적으로 그 소리가 들린 곳으로 고개를 돌렸다.

혈관이 터져 붉게 물든 눈동자로 자신을 쳐다보는 사내의 모습에 루코는 속으로 비명을 질렀다.

'허억!'

마치 공포영화에 나오는 악귀의 모습이 저러할까, 사내의 모습은 너무도 그로테스크했던 것이다.

두 눈은 혈관이 터져 붉게 물들어 있었고, 이는 얼마나 강하게 물었는지 잇몸에서 피가 나 입 주변에 흐르고 있었다.

뿐만 아니다. 그의 핏줄은 징그럽게 튀어나와 꿈틀꿈틀 요동을 치고 있었으며, 얼마나 힘을 주고 있는지 얼굴은 물론이고 드러난 상반신 전체가 붉은 물감을 칠해놓은 듯 붉었다.

"크르르릉!"

급기야 그의 입에서는 사람의 소리라고는 믿기지 않을 듯한 울림이 들렸다.

"하압!"

그그그긍! 팅!

너무도 순식간에 벌어진 일이었다. 사내를 구속하던 구속구가 그가 몸에 힘을 주어 팔을 휘두르자 구겨지더니 급기야 부러져 튕겨 나갔다.

"힙!"

그 모습에 루코는 본능적으로 뒷걸음을 치며 놀람의 신음을 흘렸다.

"크르르릉!"

사내는 자신을 구속하던 것이 해체가 되자 자리에서 튕기듯 일어나 루코를 덮쳤다.

"아악! 태랑! 정신 차려!"

갑자기 자신을 거칠게 덮치는 사내를 보며 소리쳤다.

"왜 이러는 거야! 태랑! 태랑! 정신 차리란 말이야!"

평소와 다른 사내의 모습에 루코는 덜컹 겁이 났다.

자신의 말이라면 광기를 보이다가도 순하게 변하던 사내였는데, 지금은 어떻게 된 일인지 전혀 자신의 말을 듣고 있지 않았다.

찌이익!

루코는 계속해서 사내의 품에서 벗어나기 위해 그의 이름을 불러봤지만 들려온 것은 옷이 찢어지는 소리였다.

사내는 이미 제정신이 아니었다. 그의 머릿속은 온통 지금 몸에서 일어나고 있는 고통을 벗어나기 위해 어떤 것을 갈구하는 일 뿐이었다.

그리고 그것은 바로 자신의 몸에 깔려있는 이 여자를 탐하는 일이었다.

투드득! 찌익!

여미고 있던 상의의 단추들이 사내의 힘을 이기지 못하고 떨어져 나갔다.

그리고 단추가 떨어져나가 흐트러진 상의를 사내는 힘을 주어 찢어버렸다.

너무도 흥분한 상태라 자신의 행위를 방해하는 거치적거리는 루코의 옷을 찢듯 벗겼다.

그 때문에 한순간에 그녀의 상체는 아무것도 가린 것이

없는 모습이 되었다.

"태랑! 제발 이러지마! 정신을 차려."

너무도 거친 사내의 모습에 루코는 겁이 나 그렇게 애원을 하였다.

하지만 이미 제정신이 아닌 사내에게 그 소리는 들리지 않았다.

상체에 이어 이번에는 골반을 가리고 있는 그녀의 짧은 치마가 그의 손에 잡혔다.

찌익!

사내의 손에 걸린 치마는 너무도 쉽게 찢겨 나갔다.

"흐흑!"

그와 많은 날 관계를 가졌지만 언제나 그것을 주도하는 것은 자신이었다.

그런데 지금은 그런 것이 아니었다. 아직 준비도 되지 않았는데, 강제로 강간을 당하기 직전에 이른 것이다.

사내는 루코의 옷을 찢듯 벗기고는 자신의 몸에 걸치고 있는 옷도 마찬가지로 찢어발기며 벗었다.

"아악!"

사내는 자신의 밑에 깔린 루코의 비명소리를 들었으면서도 전혀 그녀를 배려하지 않았다.

"아악! 아악! 아파!"

루코는 계속해서 고통을 호소했지만 평소와 다른 사내의 행동을 제지할 힘이 없었다.

"으으응!"

✝　　✝　　✝

한차례 열풍이 지나고, 흐트러진 실험실을 정리한 루코는 어느새 옷을 갈아입고 있었다.

하지만 그녀의 상태는 그리 좋은 상태가 아니었다. 약간 창백해진 안색이 조금 전의 일을 말해주는 듯했다. 아직도 연구실 한 켠에는 A─58이 찢어버린 루코의 옷가지가 남아 있었다.

루코는 찢어진 옷가지들을 보이지 않는 곳으로 치우며 방금 전의 일에 몸서리쳤다.

원래도 A─58이 조금 거친 면은 있었지만 자신을 배려하는 모습이 있었다.

그런데 조금 전 에너지 팩 주사를 맞고 난 뒤의 난폭한 행동은 그녀로서는 감당하기 힘든 일이었다.

시간이 지났지만 아직도 골반에서는 둔통이 느껴질 정도였다.

A─58이 자신의 말에는 언제나 순종하는, 몸만 컸지 아

이 같은 사람이라고 생각했던 루코는 방금 전 사내의 두 눈을 잊을 수 없었다.

대화도 통하지 않고, 피눈물을 질질 흘리는 고통스러운 모습으로도 그저 달려드는 데 급급하던 모습은 광인이라기보다 짐승에 가까웠다.

지금까지는 에너지 팩을 주사하는 것만으로는 아무 이상이 없었는데, 대체 왜 갑자기 그렇게 된 것일까?

A—4처럼 이성을 잃은 게 아닌가라고도 잠깐 생각했으나, 시간이 지난 뒤 고통이 조금씩 가라앉자, A—58은 다시 원래 모습대로 돌아왔다.

루코로서는 이해하기 어려운 일이었다.

만약 에너지의 주입이 A—4처럼 완전히 광인이 되는 것이 아닌, 일시적으로 이성을 잃는 현상도 일으킬 수 있다고 한다면 이 역시 더 연구해 봐야 할 부분인 건 분명했다.

심각한 표정으로 A—58의 뒷모습을 바라보고 있던 루코는 이내 한숨을 내쉬었다.

언제까지 방금 전의 일만 생각할 수는 없었다.

지금은 그것보다 더 중요한 일을 해야 할 때였다.

조금 뒤면 다시 A—58을 실전 시험장으로 데려가 몬스터와 대결을 시켜야 한다.

그것도 지금까지 상대하던 중형 몬스터가 아니라 보다 상위 종인 중(重)형의 몬스터를 상대로 말이다.

물론 중(重)형 몬스터 중이라고 바로 오거나 사이클롭스를 상대로 실험을 할 수는 없다.

아무리 A—58이 그동안 주입 받은 에너지 팩으로 인해 보유 에너지 량만으로는 3급에 이를 정도의 많은 에너지를 보유하고 있다고 하지만, A—58은 정상적인 상태가 아니었다.

A?58은 사실상 온전한 3급 헌터의 힘을 보유했다고 보기 어려웠다.

에너지 주입만으로 3급 헌터와 같은 힘이 생길 수 있다면, 3급 헌터들이 무더기로 생겨났을 것이다.

헌터들이 에너지를 일정량 이상 주입받지 않는 이유는 따로 있었다. 아주 고통스러운데다 부작용을 가져오기도 하지만, 에너지를 주사한다고 해서 무한정 강해질 수 없다는 것이었다.

정상적인 3급 헌터라면 홀로 중(重)형 몬스터를 상대할 수 있는 실력을 가졌겠지만 A—58은 일반적인 신체에 인위적으로 3급 헌터의 힘을 주입한 것뿐이다. 차이가 있을 수밖에 없었다.

그래서 루코는 사내를 중(重)형 몬스터 중에서도 비교적 약한 몬스터인 미노타우로스와 붙여볼 생각이었다.

비록 미노타우로스가 중(重)형 몬스터 중에서는 약체라는 평가를 받고는 있지만 그렇다고 정말로 약한 것은 아니었다.

미노타우로스의 덩치는 대표적인 중(重)형 몬스터인 오거보다 더 컸다. 오거가 보통 4~5m 정도의 크기라면 미노타우로스의 키는 50㎝ 이상 더 컸다.

또한 미노타우로스의 특징 중 하나는 몬스터임에도 무기를 아주 잘 다룬다는 것이다.

어디서 구하는 것인지는 모르겠지만 미노타우로스들은 하나같이 거대한 배틀 액스를 들고 있었다.

그래서 헌터들은 미노타우로스를 사냥을 한 뒤, 전리품으로 이 배틀 액스를 가져와 덩치가 비슷한 아머드 기어 전용의 무기로 장착하여 사용하곤 했다.

조금만 개조를 하면 아머드 기어의 무기로도 손색이 없었기 때문이다.

몬스터와 뉴 어스의 물질들을 연구하는 사람들 중에는 이 미노타우로스의 배틀 액스를 연구한 사람도 있었다.

그들은 배틀 액스를 구성하고 있는 성분으로 실험한 결과, 에너지 전도율이 아주 좋은 금속이라는 것을 알게 되었다.

많은 연구자들이 이 금속의 비밀을 알아내기 위해 노력했지만, 아직까지 아무도 그 성분을 정확히 밝혀내지 못했다.

미노타우로스의 배틀 액스는 단순히 철로만 만들어진 것이 아니었다.

대부분이 철로 이루어졌지만, 지구상에는 없는 여러 가지 성분들이 들어간 합금이란 것만 밝혀냈을 뿐이다.

연구자들은 배틀 액스로부터 이 성분들을 뽑아내려고 했으나, 지구의 야금술로는 도저히 불가능했다.

때문에 미노타우로스들이 어떻게 이런 무기를 얻고, 어떤 방식으로 배틀 액스가 작용하는지는 아직 알 수 없었다.

분명한 사실은 오거보다 약한 미노타우로스라고 해도 그동안 A—58이 싸워온 중(中)형 몬스터들과는 아득한 차이가 있다는 것이다.

루코는 A—58이 강한 몬스터와 싸우다 목숨을 잃을지도 모른다는 사실이 조금은 걱정되었지만, 그것은 어디까지나 귀중한 실험체를 잃을지도 모른다는 데서 나온 감정이었다.

이시히 지로의 말대로, 새로운 실험의 결과를 도출해 내기 위해서는 어쩔 수 없는 일인지도 모른다.

어쨌든 지금까지 중(重)형 몬스터와 실험체를 맞붙인 적은 한 번도 없다. A—58이 죽으면 어쩔 수 없지만, 혹시나 미노타우로스를 이기고 살아남는다면 그 또한 그녀에게는 또 한 번의 도약이 될 수 있다.

그녀의 머릿속에는 그런 생각밖에는 없었다.

"태랑, 그만 일어나요."

루코는 나직한 목소리로 누워 있는 사내를 보며 그렇게 말을 하였다.

눈을 감고 바닥에 누워 있지만 그가 잠을 자고 있지 않다는 것을 그녀는 알고 있었다.

아니나 다를까, 조용히 눈을 감고 누워 있던 사내가 그녀의 목소리를 듣고 눈을 떴다.

눈을 뜬 사내의 눈은 이전과는 사뭇 달랐다.

예전에는 언제나 어딘가 흐릿한 눈빛으로 특정한 때가 아니면 무언가 하나 빠진 듯한 눈빛을 하고 있었다.

하지만 지금은 그렇지 않았다.

여전히 뭔가 흐릿한 눈빛이기는 하지만, 어딘지 모르게 음침한 빛을 띠고 있는 사내의 눈은 조금 꺼림칙한 느낌을 주었다.

마치 파충류가 먹이를 노릴 때의 눈빛이라고나 할까.

하지만 마침 실험 준비를 하기 위해 몸을 돌리고 있던 루코는 그 바뀐 눈빛을 보지 못했다.

"오늘 상대할 몬스터는 미노타우로스예요. 위험한 몬스터이니 조심해야 해요. 알겠죠?"

시선도 주지 않고 말을 마친 루코는 한쪽에 쌓여 있는 장비들을 가져와 사내의 몸에 걸쳐 주었다.

한국에서 공수해 온 매직 웨폰과 매직 아머였다.

몇 년 전부터 한국에는 마법사란 존재가 나타나 현대의 기술로는 엄두도 내지 못할 물건을 만들어내기 시작했다.

매직 웨폰은 바로 그 시작이었다.

특히 조금 뒤늦게 알려진 매직 아머는 아주 극비리에 입수한 것이었다.

매직 웨폰과 포션을 생산하는 아케인 클랜이란 한국의 헌터 클랜에서 제작한 것으로 한마디로 방어구형 아티팩트였다.

마치 헌터들의 기본 장비인 파워 슈트와 같은 개념의 물건이지만, 파워 슈트가 아니라 아머드 기어에 필적할 정도로 뛰어난 방어력을 가지고 있었다.

각국에서는 매직 아머도 이전의 매직 웨폰이나 포션과 마찬가지로 철저히 조사를 했으나, 지구의 기술로는 만들 수 없는 것으로 판명이 났다.

매직 아머는 사실 아직 한국에도 보편화되지는 못했고, 이제야 본격적으로 생산이 시작된 상태였다.

나오는 물건이 워낙 한정적이라 아케인 클랜에서는 아직 매직 아머를 외국에 수출하지 않고 있었다.

일본 헌터 협회는 물론, 정부에서도 매직 웨폰과 포션,

매직 아머를 판매하도록 전방위적인 압력을 행사하고, 때로는 한국 정부에 로비를 하기도 했다.

하지만 무슨 수를 써도 한국의 정부와 헌터 협회는 요지부동이었다.

그저 생산에 한계가 있어 더 이상 해외 반출이 어렵다는 아케인 클랜의 주장을 그대로 전달해 올 뿐이었다.

결국 초인 연구소에서는 한국에 있는 협력 업체에 의뢰하여 매직 아머를 비싼 가격에 은밀히 구입을 하였다.

어렵게 구한 매직 웨폰과 아머를 A—58에게 입힌 루코는 그를 데리고 야외 시험장으로 갔다.

중(中)형 몬스터인 트롤 정도는 실내 시험장에서 충분히 수용을 하여 시험을 할 수 있었지만, 중(重)형 몬스터가 되면 더 이상 실내에서 진행하기 어려워진다.

중(重)형 몬스터를 수용할 공간이 없다기보단 안전상의 문제가 컸다.

좁은 실내에서 중(重)형 몬스터를 상대로 전투를 벌인다는 것은 실험체를 그냥 몬스터의 먹이로 던져 주는 것, 그 이상도 이하도 아닌 행위였다.

뿐만 아니라 실험을 지켜보아야 하는 연구원들의 안전도 위협할 수 있는 일이었다. 때문에 중(重)형 몬스터를 대상으로 하는 실험은 야외 실험장에서 하는 것이 원칙이었다.

바깥은 커다란 전기 철조망과 두꺼운 철제 펜스가 이중으로 주변을 두르고 있었다.

20m가 훌쩍 넘는 아주 높은 전기 철조망과 펜스는 담이라기보다 성벽을 방불케 하는 모습이었다.

펜스 안으로 들어선 A—58은 가만히 주변을 둘러보았다. 뒤쪽에서 이중, 삼중으로 잠금장치가 돌아가며 시끄러운 금속성이 들렸다.

원형 구조물의 바깥쪽을 펜스와 전기 철조망이 둘러싸고 있는 듯한 모습이었다. 구조물은 상층부 전면이 철망이 들어간 강화유리로 되어 있었고, 그 바깥쪽을 일방투명경이 둘러싸고 있었다. 펜스 위쪽에는 여러 대의 카메라가 구조물 안쪽을 비추고 있었다.

실내 실험장의 경우 일방투명경을 통해 직접 연구자들이 몬스터와 싸우는 모습을 지켜보았는데, 야외 실험장은 아닌 모양이었다.

A—58이 구조물 문 앞에 서자, 문 앞을 지키고 서 있던 경비원들이 그의 모습을 확인한 뒤, 무전을 보냈다.

쿠르릉.

묵직한 소리와 함께 톱니바퀴가 한참 돌아가는 소리가 나더니, 전면에 있던 거대한 금속제 문이 열렸다.

— 실험실 입장.

잠시 후, 귀에 걸고 있는 이어폰에서 지시가 내려왔다.

A—58은 말없이 구조물 안으로 걸어 들어갔다.

마치 우주선의 통로를 보는 듯한 출입구는 개미 새끼 한 마리 지나다닐 수 없을 듯했다.

그가 들어가기 무섭게 출입구가 봉쇄되었고, 그 너머에 있던 경비원들조차 펜스를 넘어 안전지대로 향했다.

이제 출입구는 통제실에서 열어주지 않는 이상 어느 누구도 열 수 없다.

그것은 엄청난 괴력을 가진 몬스터도 힘으로는 열 수 없는 구조로 되어 있다.

자신이 들어온 문이 굳게 닫히는 소리에 잠시 움찔하던 A—58은 심호흡을 한 번 하고는 구조물 중앙으로 걸어갔다.

마치 원형 경기장처럼 바닥은 반듯한 청석이 깔려 있었다.

그그그긍!

A—58이 청석이 깔린 원형 바닥 위에 올라서자 그와 맞은편의 바닥에서 들리며 무언가 올라오기 시작했다.

철컹! 철컹!

음머어어어!

그것은 철창 안에 들어 있는 미노타우로스였다.

좁은 우리 때문에 제대로 운신을 하지 못하고 있던 미노타우로스가 철창 밖에 있는 인간을 보고는 흥분하여 날뛰기 시작했다.

두 발로 선 모습이지만 두상이 소의 모습이어서인지 미노타우로스의 괴성은 소의 울음소리와 아주 흡사했다.

울음소리만 들으면 일순 착각할 수 있을 정도였다.

하지만 5미터가 넘는 근육질의 몸은 한눈에 채 들어오지 않을 정도로 거대했고, 한 손에 들고 있는 배틀 액스는 당장에라도 모든 것을 뭉개 버릴 수 있을 듯했다.

실제로 강화 합금으로 이루어진 철제 우리조차 미노타우로스의 괴력에 약간 일그러져 있기까지 했다.

미노타우로스를 비롯한 육식성 몬스터들은 대부분 어떤 다른 먹이보다도 인간의 고기를 가장 좋아했다.

문명이 멸망한 후로 뉴 어스에서 인간의 모습은 좀처럼 찾아 볼 수가 없게 되었다.

지구인들이 게이트를 통해 뉴 어스로 가기 전까지, 미노타우로스의 먹이는 모두 먹이사슬에서 보다 하위에 있는 다른 몬스터들이었다.

하지만 대개 몬스터의 가죽과 고기는 매우 질기고 단단했으며, 맛도 없었다.

가축도 축사에서 기른 것보다 야생에서 방목하여 키운 가축의 육질이 질기지 않은가.

몬스터도 마찬가지였다. 뉴 어스의 거친 환경 속에서 경쟁을 하면 살아온 몬스터들의 육질은 아주 질기고 단단했다.

그에 비해 인간들, 헌터들의 몸은 몬스터에 비하면 무척이나 부드러웠다.

몬스터들이 인간을 보면 맹목적으로 달려드는 데는 물론 파괴 본능도 있지만, 보다 연하고 맛있는 먹이를 먹겠다는 일념도 숨어 있었다.

헌터들을 두려워하면서도 폭력성을 드러내며 인간을 습격하는 것은 바로 그 때문이었다.

철창 안에 갇혀 오랫동안 제대로 움직이지도, 무언가를 먹지도 못한 미노타우로스는 입에 거품까지 물며 철창 안에서 날뛰었다.

철컹! 철컹!

— 10분 뒤 철창이 내려갈 것이다. 준비해라!

지시가 내려오고, A—58은 미노타우로스가 갇힌 우리 주변을 천천히 걸어서 한 바퀴 돌았다.

그는 아무 감흥 없는 무표정한 얼굴로 미노타우로스를 관찰했다.

그르르릉!

그가 자신이 갇힌 우리 가까이에 오자, 날뛰던 미노타우로스는 도리어 조용해졌다.

하지만 그것은 맹수가 먹이를 노리기 전 몸을 낮추고 웅크리는 것과 같았다.

미노타우로스는 낮게 으르렁거리는 소리를 내며 A—58에게서 조금도 눈을 떼지 않았다. 이젠 깜빡이지도 않는 눈은 당장 그를 찢어발기고 싶은 욕구로 번들거렸다.

이윽고 A—58이 걸음을 멈췄다. 발소리가 사라지자, 실험장 내에는 미노타우로스의 쉬익, 쉬익 하는 거친 숨소리만이 들려왔다.

주먹만 한 동공은 조금도 흔들리지 않았다. 오직 A—58에게 고정되어 있었다.

A—58은 미노타우로스와 마주한 채 그 눈을 바라보았다.

미노타우로스도, 그도 아무 소리도 내지 않았다.

미노타우로스의 눈에 비친 그의 모습이 점점 붉어져 갔다.

쿵!

미노타우로스는 들고 있던 거대한 배틀 액스를 들어 사내를 내리찍었다.

하지만 A—58은 가볍게 몸을 이동해 그것을 피한 뒤, 순간적으로 속도를 높여 미노타우로스에게 다가갔다.

5m에 이르는 성체 미노타우로스는 온몸이 근육질로 뒤덮여 보는 것만으로도 위압감이 느껴졌다. 하지만 A—58은 조금도 동요하지 않고 아주 가까운 곳까지 접근했다.

"하압!"

힘찬 기합 소리와 함께 A—58가 검을 뽑아 미노타우로스의 오금을 베었다.

스윽! 팟!

크어엉!

오른쪽 다리오금을 공격당한 미노타우로스는 고통스런 비명을 질렀다.

신체를 받치는 두 기둥 중 하나에 이상이 생겼으니 당연했다. 균형을 잃은 미노타우로스가 당황하며 비틀거렸다.

A—58은 질긴 미노타우로스를 공격할 때 한 번에 결정타를 먹이려 하지 않았다. 조금씩, 조금씩 야금야금 데미지를 입히며 집요하게 공격을 했다.

그리고 그 결과 방금 오른쪽 다리오금에 치명타를 낸 것이다.

미노타우로스는 더 이상 오른쪽 다리를 정상적으로 사용하지 못할 것이고, A—58이 계속해서 공격을 한다면 아무리 질긴 가죽과 근육, 그리고 강철에 버금가는 강도의 **뼈**를 가진 미노타우로스라고 해도 절단이 될 것이다.

하지만 A—58은 꼭 오른쪽 다리오금만 고집하여 공격하지 않았다.

이미 자신의 공격으로 인해 오른쪽 다리는 더 이상 제 기능을 할 수 없다. 그는 이번에는 반대쪽 다리오금을 노리기 시작했다.

아무리 한쪽 다리가 제 기능을 하지 못한다 하여도 그대로 두면 서서히 회복을 할 것이다. 중(重)형 몬스터인 미노타우로스는 그리 멍청하지 않았다.

미노타우로스는 가능한 자신의 약점이 된 오른쪽 다리를 보호하면서, 그가 노리는 반대쪽 다리를 공격하려고 할 때면 들고 있는 배틀 액스를 거칠게 휘둘러 댔다. 뿐만 아니라 비어 있는 왼손을 이용해 공격을 하기도 했다.

한쪽 다리를 못 쓰게 만드는 데는 성공을 했지만, 그로 인해 미노타우로스의 경계심이 더욱 높아진 것이다.

배고픔과 답답함에 잔뜩 털을 세운 채 날뛰던 짐승은 위기에 처하자 더 신중하고, 더 까다로워졌다.

쿠오오!

하지만 이제 와서 경계를 한다고 해서 A—58의 공격을 다 막아낼 수는 없었다.

호락호락하게 당해주기에는 A—58은 너무도 영리하고 교활한 사냥꾼이었다.

그는 일부러 한쪽을 공격하는 척하면서 미노타우로스의 행동을 유도했다. 그리고 지속적으로 하체에 작은 피해를 누적시키는 방법을 사용했다.

중형 이상의 몬스터를 잡는 정석이었다. 중형 이상, 특히 인간의 신체보다 월등히 큰 몬스터를 상대할 때는 몸을 지탱하는 하체를 집중 공략해야 한다. 그렇게 함으로써 다 잡은 몬스터를 놓치거나, 궁지에 몰린 몬스터가 몸을 사리지 않고 갑작스레 돌진하는 것을 막는 것이다.

쿵!

급기야 미노타우로스는 A—58의 공격을 감당하지 못하고 바닥에 쓰러졌다.

꾸오! 꾸오!

쓰러진 미노타우로스는 억눌린 신음을 흘리며 자신을 공격한 A—58을 노려보았다.

비록 두 다리로 서 있을 수 없어 쓰러져 있지만 아직도 경계의 끈을 놓지 않고 있었다.

"하아! 하아!"

A—58은 바닥에 쓰러진 미노타우로스를 바로 공격하지 않았다.

공격 범위를 살짝 벗어난 곳에서 숨을 고르고 있었다. 어차피 몬스터가 이동하지 못하게 되었으니, 이 정도는 큰 문제가 되지 않았다.

중(重)형 몬스터를 상대하는 것이라 너무 긴장하기도 했고, 작은 피해를 누적시키기 위해 오랫동안 빠르게 움직이면서 그 또한 많이 지쳐 있었다.

하지만 방심할 수는 없었다.

A—58은 지친 와중에도 절대 검을 내리지 않았고, 미노타우로스가 다리의 상처를 무시한 채 움직이지는 않는지 주시하며 공격 범위를 계산했다.

'더 시간을 주면 회복한다.'

이 이상 시간을 끌 수 없다고 판단한 A—58은 다시 움직이기 시작했다. 몸은 아직 더 휴식을 취하라 말하고 있었지만, 이대로 계속 있으면 전세는 다시 역전될 것이다.

비록 트롤만큼은 아니지만 다른 몬스터들에 비해 재생력이 뛰어난 미노타우로스는 조금 더 시간을 주면 다리의 상처를 회복하고 다시 일어설 게 분명했다.

그렇게 되면 지금까지의 공격이 모두 수포로 돌아갈 것이고, 시간이 더 지날수록 체력적으로 자신이 더 불리해진다.

그전에 빈틈을 노려 슬슬 결정타를 먹여야 했다.

어느 정도 숨을 고른 A—58은 천천히 미노타우로스의

주위를 돌았다.

그리고 몸에 흐르는 마정석에서 추출한 에너지를 활성화하여 신체를 깨웠다.

그러자 점점 그의 몸이 빨라지기 시작하였다.

일정한 패턴으로 주위를 도는 어리석은 일은 하지 않았다.

미노타우로스는 몬스터 중에서도 지능이 뛰어난 편이다.

계속 똑같이 움직이면, 곧 미노타우로스가 패턴을 읽고 먼저 다음 움직일 곳을 공격할 것이다.

미노타우로스에 대한 정보는 사전에 이미 습득해 두었다. 그는 처음 실험장에 들어서기 전부터 여러 가지 패턴을 준비해 놓고 있었다.

스윽!

챙!

그가 잠깐의 휴식으로 회복을 했듯 미노타우로스 또한 그 짧은 시간에 어느 정도 회복된 모양이었다. 미노타우로스는 한쪽 무릎을 꿇은 채 낮게 들어온 그의 공격을 배틀 액스로 막아냈다.

그뿐만이 아니었다. 미노타우로스는 배틀 액스에 힘을 주어 그를 완전히 날려 버리려는 듯 휘둘렀다.

하지만 그 반격은 성공하지 못했다.

A—58은 이미 미노타우로스의 상태를 짐작하고 있었다.

사실 방금 전의 공격은 숨통을 끊기 위한 일격이 아니라, 쉬는 동안 미노타우로스가 얼마나 회복을 하였는지 알아보기 위한 미끼였던 것이다.

미노타우로스는 기회가 왔다고 생각해 카운터를 날렸지만, 결과적으로 자신의 상태만 상대에게 알려준 꼴이 되었다.

물론 미리 짐작을 했다고 해도 A—58 또한 카운터에 카운터를 칠 만큼의 여유는 없었다.

어차피 지금은 반격을 먹일 때가 아니다.

조금 전에도 그랬듯 아직도 넘치는 미노타우로스의 체력을 깎을 때라고 판단한 A—58은 과감히 물러나며 다시 미노타우로스의 주변을 돌았다.

빈틈이 보이면 공격을 하고, 그렇지 않을 때는 살짝 빈틈을 보여 미노타우로스의 공격을 유도했다.

시간은 흘러, 싸움에 들어간 지도 벌써 1시간이나 지났다.

미노타우로스는 온몸에 피 칠갑을 하고 있었다.

A—58도 마찬가지였다. 사실 그는 별다른 부상을 입지는 않았으나, 오랜 시간 이어진 전투로 미노타우로스가 흘린 피를 상당히 뒤집어써야만 했다.

"하아! 하아!"

미노타우로스도 미노타우로스지만 그 역시 녹초가 되기 일보 직전이었다. 아무리 그래도 전투를 너무 오래 끌었다.

이제 고지가 바로 눈앞이었다. 8부 능선을 넘어 9부 능선까지 왔다.

이제는 결정타 한 방이면 승자가 될 수 있었다.

하지만 A—58은 그 순간까지도 방심하지 않고, 미노타우로스의 상태를 주의 깊게 살폈다.

아니나 다를까, 미노타우로스도 자신의 상태를 깨닫고 그가 들어오기를 기다리고 있었다.

더 이상 자신의 상태로는 눈앞에 있는 인간을 상대할 수가 없다는 것을 깨닫고 최후의 일격을 가해 죽음의 동반자로 데려갈 심산이었다.

그르르릉.

이미 많은 피를 흘린 미노타우로스의 울음소리에는 힘이 하나도 없었다.

그럼에도 눈에는 빛이 사라지지 않고 있었다. 그만큼 눈앞에 있는 A—58에 대한 증오와 적개심이 큰 것이다.

"핫!"

기합과 함께 칼을 눈부신 속도로 뽑아 든 A—58이 최후의 일격을 날리기 위해 미노타우로스의 앞으로 뛰어들었다.

자신을 향해 뛰어오는 적을 확인한 미노타우로스는 온 힘을 쥐어짜서 오른손에 들린 배틀 액스를 치켜들었다.

그리고 A—58이 자신의 전방 3m 안까지 들어오자 과감하게 들고 있던 배틀 액스를 힘차게 던졌다.

휘잉!

미노타우로스가 던진 배틀 액스는 지금까지와는 다른 모습을 하였다.

그저 단단한 모습만 보이던 배틀 액스의 주변을 검붉은 빛이 감싸고 있던 것이다.

검붉은 빛을 띤 배틀 액스가 날아간 속도는 A—58이 뛰어든 속도만큼이나 빨랐다.

고작 3m 정도 떨어진 곳에서 갑자기 날아든 배틀 액스를 본 A—58은 다급하게 몸을 틀었다.

그리고 미노타우로스에게 최후의 일격을 날리려고 힘을 비축하고 있던 칼로 날아오는 배틀 액스를 빗겨 쳤다.

채앵!

엄청난 소음과 함께 날아들던 배틀 액스의 방향이 휘어지며, A—58의 몸 오른쪽으로 지나갔다.

"윽!"

비록 막아내기는 했지만 미노타우로스가 남은 힘을 쥐어짜내 감행한 그 공격으로 인해 A—58 또한 상당한 피해를 입고 말았다.

긴 전투로 미노타우로스 또한 많이 지쳤다고는 하지만, 중(重)형 몬스터의 힘은 인간이 감당할 만한 것이 아니다.

A—58은 축 늘어진 오른팔을 내려다보곤, 다른 손으로 검을 옮겨 쥐었다. 오른쪽 어깨가 탈구되어 그쪽으로 검을 쥘 수 없게 된 것이다.

그러나 그뿐이다.

전력으로 공격한 미노타우로스는 들고 있던 무기마저 던져 버린 탓에 더 이상 저항할 수 없는 몸이 되고 말았다. 최후의 힘까지 뽑아 쓴 탓에, 배틀 액스를 던지고 난 모습 그대로 움직이지도 못하고 있었다.

이미 상처가 완전히 터져 다리를 못 쓰게 된 탓에 무릎으로 몸을 지탱하고 있었고, 상체는 배틀 액스를 던진 그대로 엎어져 있었다.

두 다리는 이미 상처가 터져 무릎으로 몸을 지탱하고 있는 상태였고, 상체는 방금 전 공격을 하기 위해 숙여져 있었다. 완전히 늘어져 머리를 바닥에 대고 있다.

그러다 보니 5m에 이르는 큰 키에도 불구하고, A—58이 공격하기 아주 좋은 위치에 그 목이 놓이게 되었다.

미노타우로스에 달려든 그는 칼을 쥔 왼손을 아래에서부터 위로, 오른쪽 다리 부근에서부터 왼쪽 어깨 부근까지 사선을 그리며 내리그었다.

스윽!

촤아!

쏜살같이 뛰어든 A—58이 내지른 칼은 정확하게 미노타우로스의 목을 치고 지나갔다.

아무 저항 없이 근육으로 뒤덮인 두꺼운 목이 잘려 나갔고, 무게를 지탱하던 머리가 사라지자 잘린 면대로 그대로 미끄러지며 미노타우로스의 상체가 무너졌다.

그대로 있으면 앞에 있던 그 또한 몬스터의 육체에 깔릴 수 있는 상황이다.

하지만 그는 너무도 침착하게 몸을 왼쪽으로 날렸다.

쿵!

미노타우로스의 육체가 쓰러지고 먼지 구름이 살짝 피어올랐다 가라앉았다.

A—58과 미노타우로스가 전투를 벌인 곳이 그냥 흙바닥이 아니라 돌을 깔아 만든 곳이었기에 먼지는 그리 많지 않았다.

그리고 그 사이로 오연히 서 있던 A—58이 한 손에 든 칼을 위로 치켜들었다.

"으아아아아!"

뭔가 의식한 행동이 아닌, 아주 본능적인 것이었다.

힘든 상대를 물리친 승자만이 느끼고 누릴 수 있는 그런 무언가가 그의 가슴을 울렸던 것이다.

한편 감시 카메라를 통해 초인 연구소의 연구원들은 A—58과 미노타우로스의 전투를 하나도 빼놓지 않고 지켜보았다.

"루코."

"네."

모니터 화면을 지켜보고 있던 오보카타 루코가 이시히 지로를 돌아보았다.

"지시대로 양을 늘려 주사를 하였나?"

이시히 지로는 아무런 표정 변화 없이 모니터를 바라보고 있었다.

"네, 에너지의 양을 5㎖ 추가하여 주사했습니다."

루코가 고개를 끄덕이자, 이시히 지로가 묘한 웃음을 띤 채 모니터에서 눈을 떼고 그녀를 바라보았다.

"양이 늘었을 때의 반응은 어땠나? 다른 때와 비슷했나? 아니면 다른 모습을 보였나?"

이시히 지로의 질문에 오보카타 루코는 잠시 대답을 하지 못하고 머뭇거렸다.

"무슨 일인가?"

그런 루코의 모습에 그녀를 다그치며 물었다.

"아닙니다."

다그치는 이시히 지로의 물음에 루코는 고개를 저었다.

그리고 실험이 시작되기 전 기록해 둔 내용을 보고하기 시작했다.

"자세한 부분은 투입실에 있는 카메라에 기록되어 있습니다. 간단히 보고하면, A—58은 평소보다 더 과격한 반응을 보였고, 인내심이 줄어들었습니다. 힘 또한 급격히 늘어나 티타늄 합금으로 된 구속구를 끊었습니다. 그리고……."

"뭐? 방금 뭐라고 했나?"

이시히 지로는 충격받은 얼굴로 오보카타 루코의 말을 끊으며 물었다.

이제는 열린 출입구를 통해 빠져나가는 A—58의 모습이 비치고 있는 모니터를 보며 웅성거리던 다른 연구원들도 경악에 찬 얼굴로 루코를 돌아보았다.

아무리 초인이라 불리는 헌터가 되었다고 해도, 다른 물건도 아니고 지구상에서 가장 단단한 물질 중 하나인 티타늄 합금으로 된 구속구를 끊었다는 말에 놀라지 않을 수 없었다.

"그게 사실인가?"

도저히 믿을 수가 없어 질문을 하는 이시히 지로의 모습에 오보카타 루코는 뭔가 우월감에 도취된 느낌을 받았다. 그녀는 애써 표정을 감추며 태연히 대답했다.

"예, 그렇습니다. 새로운 의자로 교체하기 위해 지원부에서도 파견되었으니 확인하시면 바로 알 수 있습니다. 그들이 망가진 구속구를 수거해 갔을 겁니다."

루코는 A—58가 망가뜨린 의자를 지원부에 교체 신청한 부분까지 언급했다.

이쯤 되면 의심할 여지가 없다.

이시히 지로는 고개를 끄덕였다.

"그렇군. 다른 변화는?"

"성격이 변화했습니다."

"응? 그건 조금 전에 말을 하지 않았나?"

"예, 하지만 방금 말씀드린 변화와는 조금 다릅니다. A—58이 거칠게 변화했던 것이 단순하게 일정 시간 동안 있었던 변화라면, 이전과 확연히 다른 변화도 있었습니다."

그러자 이시히 지로의 표정이 진지해졌다.

"자세히 얘기해 봐."

"이번에는 단순하고 의존적인 어린아이 같은 성격이었습니다. 하지만 오늘 5㎖ 추가된 주사를 맞은 뒤로는 조금 더 성숙해졌다고 할까, 뭔가를 끊임없이 생각을 하고 주변을 관찰하기 시작했습니다."

루코는 보고를 하다가 숨기려고 했던 것까지 모두 보고를 하고 말았다.

처음에는 말을 하면서도 숨겨야 하는 것은 아닌가라고 생각했으나, 일단 입 밖으로 나온 이상 어쩔 수 없었다.

"흠, 반푼이가 사고를 하기 시작을 했다고?"

이시히 지로는 처음 A—58이 이곳 초인 연구소로 왔을 때의 모습을 떠올렸다.

A—58은 이곳으로 오기 전 한때 헌터였지만 몬스터를 상대하던 중 팀이 전멸하고 홀로 살아남은 뒤 미쳐 버렸다고 했다.

초인 연구소에 온 뒤로도 혼자서는 그 어떤 것도 하지 못했고, 누군가 도움을 줘야만 삶을 유지할 수 있었다.

그리고 어둠과 몬스터를 극도로 두려워했다.

아무리 몬스터 사냥에 실패한 것이 그가 미쳐 버린 이유라고는 하지만, 몬스터와 붙여놓으려고 하면 너무 심하게 발작해 도저히 다룰 수가 없었다.

담당을 맡게 된 루코는 연구를 하기 위해 각종 실험을 통해 A—58의 정신을 퇴행시켰다.

연구에 비협조적이던 그를 고분고분하게 만들기 위해서 실시한 것이었는데, 그 선택은 성공적이었다.

퇴행이 되면서 A—58은 몸은 성인이지만 5~6세 정도의 지능을 가진 상태가 되었다.

실험동물로 사용되는 원숭이나 침팬지보다 사람 말을 잘 알아듣는다는 것 외에는 그다지 다를 것이 없었다.

담당 연구자였던 루코는 어린아이를 교육시키듯 A—58가 연구에 협조하고, 자신의 말을 잘 따르도록 가르쳐 조종했다.

그리고 실험이 계속된 결과, A—58은 연구소 사상 가장 뛰어난 성공작이 되었다.

이시히 지로는 비록 성공작이지만 A—58이 자신이 싫어하는 한국인이라는 것에 그를 완전히 망가뜨릴 목적으로 주사액의 양을 치사량에 가깝게 늘리도록 지시한 것이다.

그럼에도 A—58은 그것에 적응을 하였고, 더욱 강한 힘을 얻었다.

일본의 헌터들은 대부분 누구도 맨몸으로 중형 몬스터를 상대하지 못한다.

그런데 A—58은 중형 몬스터도 아니고 중(重)형 몬스터인 미노타우로스를 상대로 별다른 상처도 없이 승리를 쟁취한 것이다.

루코에게서 시선을 돌린 이시히 지로는 그녀의 옆에 서 있는 남자 연구원을 보며 물었다.

"A—4의 상태는 어떤가?"

이시히 지로는 실험체 중 일본인인 A—4의 상태를 물었다.

비록 헌터는 아니었지만 헌터 지원을 했던 사람이었다.

초인 연구소는 그에게 무료로 마정석 에너지를 주입해 주고, 헌터 교육도 시켜주는 것은 물론, 시험이 끝난 뒤에는 일본 내 유명 헌터 클랜에 가입을 시켜주겠다는 조건을 내세웠고, 이곳으로 끌어들였다.

헌터가 되서 돈을 많이 벌어 가족들을 부양하겠다던 꿈을 꾸던 A—9는 그 꿈을 펼쳐보기도 전에 이곳 초인 연구소의 실험체가 되었다.

초반에는 정상적으로 헌터를 만드는 과정이 이루어졌다.

하지만 시간이 지나면서 투입되는 마정석 에너지의 양이 늘어났고, 급기야 인간의 한계라는 30㎖를 초과하였다.

A—58처럼 60㎖까지는 아니었지만 A—4도 50㎖까지 마정석 에너지를 주입 받았다.

하지만 A—58이 무사히 마정석 에너지를 받아들인 것에 비해 A—4는 주입된 에너지를 감당하지 못하고 미쳐 버렸다.

이시히 지로는 그나마 A—58에 근접했던 A—4를 떠올린 것이다.

"음, 아직 그대로입니다."

"그대로라."

이시히 지로는 사내의 대답에 뭔가를 생각을 하는지 눈을
감았다.

Chapter 5
전기수의 사면

    다시 교도소를 찾은 차현수는 굳은 표정으로 자신의 앞에 앉아 있는 전기수를 쳐다보았다.

    자신을 굳은 표정으로 보고 있는 차현수의 모습에 전기수는 빙그레 미소를 지으며 바라보았다.

    그런데 전기수의 복장이 전과 많이 달라져 있었다.

    전에는 재소자를 나타내는 수의를 입고 있었는데, 지금은 고급스러운 검정색 정장을 입고 있었던 것이다.

    "모두 처리하고 왔습니다. 그만 나가시면 됩니다."

    서울남부교도소 소장실에 마주 앉아 있던 전기수와 차현수는 목소리가 들리자 그곳으로 고개를 돌렸다.

그곳에는 업무 처리를 하고 돌아온 전기준이 서 있었다.

"부탁한 일을 처리해 주었으니 더 이상 날 찾을 생각하지 마시오. 더 이상 당신과 엮이고 싶은 생각 없으니."

차현수는 전기수의 동생이자 담당 변호사인 전기준이 안으로 들어오는 모습을 확인하고는 곧바로 자리에서 일어났다.

더 이상 자신의 약점을 쥐고 있는 전기수와 같은 자리에 있는 것이 불편했기 때문이다.

"뭐, 그건 나중에 알아서 할 일이고."

전기수가 중얼거리듯 말하자, 차현수가 이를 부드득 갈며 그를 노려보았다.

"당신, 그 일 가지고 날 쉽게 생각하나 본데 이 이상 나간다면 당신도 좋은 꼴 볼 수 없을 거야! 당신뿐만 아니라 당신의 동생이나 가족들도 생각해야지."

원하는 대로 해주었는데도 전기수는 자신의 말에 말끝을 흐리며 나중에도 자신의 약점을 가지고 협박을 하려는 듯 보였다.

차현수는 초조한 얼굴로 입술을 꾹 물었다.

하지만 이미 잃을 것이 없는 전기수다. 전기수는 시종일관 여유만만한 얼굴로 빙글거리고 있었다.

그의 동생인 전기준이야 잘나가는 로펌의 오너다.

차현수가 아무리 제1야당의 국회의원이라고 해도 동생인 전기준을 어떻게 할 힘은 없었다.

물론 작정하고 동생의 약점을 찾아 공략을 한다면 어려워지겠지만, 그렇게까지 하게 되면 차현수는 물론이고 그가 속한 새헌당도 무사할 수는 없었다.

그만큼 법조계에서 전기준이 차지하는 위상은 대단했다.

군이 걱정이 되는 부분이라면 자식들이었지만, 어차피 성인이 되지 않았을 때까지나 자신의 보호가 필요한 것이지 이미 다 장성을 하여 일가를 이뤘다.

자식들 모두 각자의 위치에서 자리를 잡았을 뿐만 아니라, 여차하면 외국으로 이민을 가면 된다.

이미 자식들이 걱정 없이 먹고살 만한 재산을 아무도 모르게 나눠주었던 것이다.

그러니 자식들도 걱정이 없었다. 그런 것도 모르고 차현수가 협박을 하고 있으니, 가소로울 뿐이었다.

전기수의 머릿속에는 오로지 자신을 나락으로 떨어뜨린 정진과 자신을 배신한 현 헌터 협회 회장인 이기동에게 복수를 하는 것밖에는 없었다.

"후후, 내가 아무런 힘이 없어 당신에게 이곳에서 꺼내달라고 부탁을 했다고 생각하나?"

전기수는 차가운 눈빛으로 차현수를 쳐다보며 물었다.

갑자기 분위기가 바뀐 전기수의 모습에 차현수는 살짝 당황하였다.

자신의 물음에 당황하는 차현수의 모습에 전기수는 속으로 그를 비웃었다.

'진작 이렇게 했어야 하는데. 괜히 머리를 쓴다고 이상한 놈을 끌어들여 이 지경에까지 오다니. 하지만 이젠 다를 것이다.'

전기수는 과거 차현수와 헌터 협회장의 자리를 두고 암투를 벌이던 때가 갑자기 생각이 났다.

당시 전기수는 그와 갈등을 겪으며 막다른 곳에 몰렸고, 특이한 능력을 선보이던 정진과 손을 잡았다.

하지만 지금 생각하니 그 모든 것이 자신의 잘못이었다.

괜히 되지도 않는 정치싸움을 하다 차현수에게 벼랑 끝까지 몰린 것이다.

차라리 지금처럼 힘으로 윽박질렀더라면 차현수에게 그렇게까지 밀리지 않았을 것이라는 생각이 들었다. 그렇게 생각하니 참으로 기가 막힌 일이었다.

만약 그렇게 했더라면 정진과의 싸움에 져 감옥에 갇히는 신세가 되지는 않았을 것이란 생각이 들었다.

물론 그때 정진의 손을 잡은 것이 자신의 실수라고 해도, 정진과 이기동에게 향한 복수심이 사라지는 것은 아니었다.

아니, 오히려 더욱 화가 났다. 그는 그들을 그대로 두고 볼 생각이 없었다.

"법은 멀고 주먹은 가까운 법이야. 그렇게 생각하지 않나?"

전기수는 차현수의 가까이 다가가며 기운을 펼쳤다.

그런 전기수의 몸에서 퍼지는 압박감에 차현수는 금세 가슴이 답답해졌다.

지금 보이는 전기수의 기세는 마치 맹수나 몬스터에게서 느껴지는 살기였다. 비록 지금은 은퇴했지만, 전기수가 5급 헌터였기에 가능한 일이었다.

비록 지금은 나이를 먹어 다른 5급 헌터들만은 못하다. 헌터 협회장을 역임하면서 수련을 제대로 하지 않기도 했다.

그러다 보니 실력은 정체되었다. 아니, 퇴행을 했다고 하는 것이 맞을 것이다.

하지만 클래스는 영원하다고 했던가?

5급 헌터로서 한때 대한민국을 대표하는 헌터 중 1인이었던 전기수는 현역 당시 쌓은 마정석 에너지를 고스란히 간직하고 있었다.

당연 살기를 품게 되면 저절로 에너지가 작용하게 된다.

전기수가 헌터 협회장이 되었던 것은 헌터로서의 실력이

있었기 때문이었다. 그는 헌터들이 인정한 대표였다. 그에 비해 차현수는 그저 기업들이 전기수를 견제하기 위해 헌터 협회에 심은 사람이었다.

그렇기에 헌터 출신인 전기수에 비해 부회장이었던 차현수가 협회 내에서 더욱 큰 세력을 구축할 수 있었던 것이다.

협회 내의 싸움은 몬스터가 아닌, 인간을 상대로 하는 싸움이다.

기업들을 등에 업고 확실한 자금줄을 쥐고 있던 차현수와, 헌터로서 뛰어난 실력과 리더십을 가지고 있을 뿐인 전기수의 싸움은 어찌 보면 결과가 빤히 보이는 싸움이라고 할 수 있었다.

그런데 정진이란 캐시 카우가 나타나면서 전세는 역전이 되었다.

하지만 사람의 욕심이란 끝이 없는 것이다.

전기수는 자신의 정적인 차현수를 몰아내는 데 많은 도움을 주었던 정진을 배신했다.

그냥 놔두었다면 훌륭한 동반자가 되었을 것을, 정진의 명성이 올라가고 그가 세운 아케인 클랜의 역할이 늘어나면서 전기수는 계속 불안감에 휩싸였다. 헌터들의 대표라는 자리를 뺏길 수도 있겠다는 생각이 그를 사로잡았다.

눈앞의 방해물을 치우니 보다 더 높은 벽이 나타난 것이다. 전기수는 그 벽을 그냥 두고 볼 수가 없었다.

그 벽 또한 치워야 자신이 원하는 세상을 만들 수 있다는 생각에 전기수는 자신을 도와주었던 정진을 꺼꾸러뜨리기 위해 음모를 꾸몄다.

물론 그러한 음모는 이미 대비를 하고 있던 정진의 반격에 제대로 시행해 보지도 못하고 실패했다. 그에 그치지 않고 헌터 협회장을 하면서 저질렀던 비리가 밝혀지면서 영어의 몸이 되었다.

이 모든 것은 즉, 전기수 본인의 잘못이었다.

사실 전기수도 자신이 이리 된 것이 한때의 잘못된 판단에서 나왔음을 잘 알고 있었다.

하지만 알고 있는 것과 가슴으로 받아들이는 것은 별개의 문제다.

전기수는 누구나 자신의 자리에 오르면 모두 그 정도 비리는 저지른다고 생각했다.

그러니 자신의 잘못은 이해하고 넘어갈 수 있는 사소한 것이라 치부했다. 그리고 오히려 정진과 이기동이 자신의 뜻대로 따르지 않고 대적한 것이 더 큰 잘못이라 생각했다. 그가 복수를 하려는 이유는 바로 이것이었다.

"당신도 아케인 클랜의 정정진에게 복수를 해야 하지 않겠나? 당신이 헌터 협회에서 쫓겨나게 된 것도 그가 나타나면서 그리된 것이니 말이야."

전기수는 조금 전 살기를 품으며 차현수를 협박하던 것도 잊었는지, 이번에는 은근한 말로 그를 꼬드기기 시작했다.

"으음……."

조금 전 전기수가 품어낸 살기에 눌린 차현수는 쉽게 대답을 할 수가 없었다.

일반인이 5급 헌터가 뿜어대는 살기를 받아내기란 결코 쉬운 일이 아니기 때문이다.

한참을 그렇게 숨을 고르며 정신을 차리기 위해 노력을 하던 차현수는 상기된 표정으로 대답을 하였다.

"무, 물론 나도 그놈에게 복수를 하고는 싶지만 현실적으로 그건 불가능한 일이야."

차현수는 정신을 차리고 부정적인 대답을 하였다.

현재 대한민국에서 정정진이나 그가 클랜장으로 있는 아케인 클랜을 건드릴 수 있는 존재는 아무도 없었다.

정진의 역량은 예전 전기수가 감옥에 수감되기 전과는 현격한 차이가 있었다.

그렇기에 차현수는 조금 전 전기수의 협박에 주눅이 들었음에도 그의 제안을 거절했다.

"형님, 부질없는 일입니다. 복수를 할 생각일랑 잊으

세요."

옆에서 자신의 형과 차현수 의원이 하는 이야기를 듣고 있던 전기준까지 그를 말렸다.

감옥에 수감되었던 전기수는 모르겠지만, 전기준은 아케인 클랜이나 그곳의 수장인 정진이 지금 대한민국에서 어떤 위치에 있는지 너무도 잘 알고 있었다.

정진은 재앙이라 불리던 몬스터 웨이브를 막는 데 혁혁한 공을 세운 것은 물론이고, 그 개인적으로 인간의 상상력이 표현할 수 있는 극점에 이를 정도의 초능력을 가지고 있다. 그가 수장으로 있는 헌터 클랜 또한 이제는 명실상부한 대한민국 최고의 헌터 클랜이라 불리고 있다.

물론 아직도 규모 면에선 엠페러 클랜의 1/3 정도에 불과하지만, 이미 보여준 능력만으로도 그 어떤 클랜도 아케인 클랜에 비할 수 없었다.

아케인 클랜의 이미지는 어떤가.

일부 그들의 능력을 부러워하여 괜히 안 좋게 생각하는 이들이 없는 것은 아니지만, 대한민국 대부분의 사람들은 모두 그들을 선망하고 동경했다.

그도 그럴 것이 아케인 클랜에서 생산되는 포션은 헌터와 일반인을 가리지 않고 판매되었기 때문이다.

기업은 물론이고 정부 또한 아케인 클랜에 호의적이다.

대한민국의 위상을 높이는 데 이바지했고, 나아가 몬스터의 위협으로부터 나라를 지키는 데 솔선수범을 보였다.

국토를, 또 뉴 어스에서의 영토 또한 넓혀 나가고 있다.

자신들의 이득을 채우기에만 급급하지도 않았고, 인명과 국가적인 이득을 먼저 생각했다.

그러니 누구나 정진과 아케인 클랜을 좋아할 수밖에 없었다.

그런데 감옥에 있던 전기수는 그런 사정도 고려하지 않고 정진이나 아케인 클랜에 복수를 운운하고 있었다.

만일 이러한 사실이 알려진다면 복수를 하기도 전에 정진이나 아케인 클랜을 지지하는 이들에게 몰매를 맞을 수도 있었다.

자신이 아무리 대형 로펌의 오너라 하지만 막말로 작정을 하고 아무도 의뢰를 하지 않는다면 문을 닫아야 한다.

숨겨둔 재산이 있어 외국으로 이민을 간다고 해도 문제다.

아케인 클랜의 영향력은 대한민국 내만이 아니다.

오히려 외국에선 더욱 막대한 힘을 발휘할 수도 있었다.

아직도 외국에선 대한민국에서 수입해 오는 포션의 양을 늘리기 위해 갖은 로비를 하고 있었다.

이러한 때에 정진이 그들에게 제안을 한다면 무슨 짓을

벌일지 알 수 없는 일이다.

겉으로야 대놓고 일을 벌이지 않겠지만 뒤로 무슨 짓을 할지는 아무도 모르는 일이다.

실제로 외국에선 그러한 일을 대신해 주는 기관도 있고, 그들이 직접 나서지 않더라도 마피아나 갱들과 같은 폭력 조직을 대신 이용해 처리하는 일도 다반사다.

괜히 긁어 부스럼을 만들 필요는 없다는 것이 전기준의 생각이다.

"형님, 아무리 그들에게 화가 나 있다고 해도 포기하십시오. 형님이 알던 것과는 상황이 아주 많이 바뀌었습니다. 이제는 어느 누구도 그들을 함부로 할 수 있는 이들이 없습니다."

전기준은 계속해서 자신의 형을 설득했다.

"뭐야! 그놈들이 얼마나 대단하다고 날 막는 거야! 나 전기수야, 전기수! 대한민국에서 손에 꼽히던 최강의 헌터였던 전기수라고!"

하지만 전기준의 설득은 실패였다.

오로지 복수만을 곱씹으며 감옥에서 버틴 전기수의 머릿속에는 오로지 복수뿐이었다.

그렇기에 한때 정적이었던 차현수나 동생인 전기준의 설득은 그의 귀에 들어오지 않았다.

감옥에도 눈과 귀는 있다. 외국에까지 유명한 아케인 클랜의 명성이 아무리 교도소 내라고 하지만 들리지 않을 리가 없다.

하지만 전기수는 알면서도 그런 소문을 모두 못 들은 척했다. 정진과 아케인 클랜이 그로서는 손도 댈 수 없는 위치가 되었다는 걸, 복수가 불가능한 일이라는 것을 인정하고 싶지 않은 것이다.

"형님, 그러다 죽어요."

전기준은 안타까운 마음에 직설적으로 말을 하였다.

"형님이 아무리 예전 최고의 헌터였다고 해도, 현재 대한민국의 헌터들의 등급을 생각하면 그것도 옛말이에요."

"으음……."

전기수는 거듭되는 전기준의 설득에 낮게 침음했다.

차현수는 모르겠지만, 동생 전기준의 성격을 잘 알고 있는 전기수로서는 조금 주춤하지 않을 수 없었다.

"그런데……."

분위기를 전환하기 위해 전기수는 차현수를 돌아보며 말을 꺼냈다.

"노 회장은 왜 같이 오지 않은 것이지? 전에도 그렇고 말이야."

전기수가 묻자, 차현수가 어처구니가 없다는 듯 외쳤다.

"그걸 지금 말이라고 하는 것인가? 그와 내가 함께 있는 모습을 언론에서 알기라도 하면 싹 다 물 건너가는 거야!"

뇌물수수는 물론이고 국가 전략물자 유용으로 인해 실형 10년이 확정되어 복역 중인 전기수가 사면된 것은 사실상 불가능한 일이었다.

감옥 생활을 잘해 모범수로 형량이 줄어든다거나 하는 문제가 아니다.

국가 전략물자를 빼돌렸다는 것은 어떻게 보면 반국가적 범죄 행위나 마찬가지다.

그렇기 때문에 이 죄목에 연루된 범죄자는 일반적으로 사면 대상 선정에서 제외가 된다.

그럼에도 전기수가 사면된 것은 노태규 회장과 차현수가 새헌당 총재인 윤병수에게 로비를 했기 때문이다.

사실 윤병수나 새헌당의 국회의원들 중 노태규 회장과 차현수의 돈을 받지 않은 인사가 아무도 없었다.

특히나 총재인 윤병수 같은 경우 차현수가 헌터 협회 부회장으로 있을 때, 많은 뇌물을 받았다.

차현수와 연관된 기업들로부터 받은 정치자금과 개인적인 뇌물 등등 천문학적인 금액이 오랜 기간 촘촘히 그물코마냥 연결이 되어 새헌당으로 들어갔다.

차현수가 노태규 회장을 압박해 노태 클랜이 발굴한 타이탄 1기를 중국으로 빼돌리도록 영향력을 행사했던 사람도 바로 윤병수 총재였다.

차현수나 노태규 회장으로서는 자신들의 역량을 벗어나는 협박을 하는 전기수의 조건을 들어주기 위해서 제1야당인 새헌당과 총재인 윤병수의 도움이 절실할 수밖에 없었다. 그게 아니고서는 요구를 들어줄 수 없었기 때문이다.

그들은 결국 전말을 알리고, 전기수가 비밀을 폭로했을 때는 자신을 물론이고 새헌당과 총재인 윤병수까지 굴비 엮이듯 엮일 수 있다는 소리를 하며 도움을 청해야 했다.

그리고 결과는 지금 보는 것과 같이 전기수의 사면이었다.

정상적으로는 도저히 전기수를 사면시킬 수 없다는 것을 알고 있는 이들은 정부 사업에 제동을 걸며 협상거리를 만들었다.

그리고 일을 점점 키우면서 정부에서 협상을 하게 만들어 자신들의 조건을 처리하면서 전기수의 일도 은근슬쩍 끼워넣은 것이다.

물론 이도 쉬운 일은 아니었다. 국가적인 범죄를 저질러 10년이라는 형을 받은 전기수를 형기를 다 마치기도 전에 사면하는 것은 결코 쉬운 일이 아니다.

그럼에도 그럴 수밖에 없는 것이 차현수와 새헌당의 입장이었기에, 정부와 여당에 대립하고 하급 공무원들에게는 은밀하게 손을 내밀며 당근과 채찍을 사용해 끝내 전기수의 사면을 받아낸 것이다.

그런데 여기서 만약 기자들의 눈을 끌게 된다면 그런 노력이 수포로 돌아갈지도 모른다.

그러니 차현수로서는 지금 전기수가 하는 소리는 참으로 어처구니없는 일이 아닐 수 없다.

'확실히 무식한 놈을 상대하는 것은 피곤해.'

차현수는 속으로 전기수의 아무런 생각도 없는 말에 복장이 뒤집어지는 것만 같았다.

Chapter 6
타이탄 백두

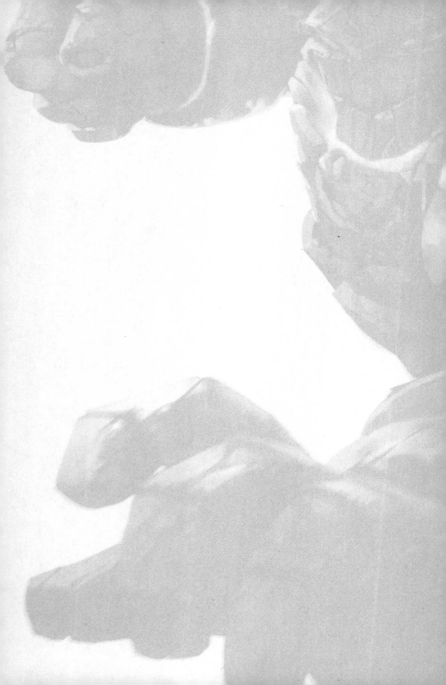

쿠워억!

숲속에 있는 한 넓은 공터.

거대 몬스터와 강철 거인들이 전투를 벌이고 있었다.

그 정체는 바로 대형 몬스터에 속하는 머쉬 서펜터와 타이탄들이었다.

일명 늪 이무기라 불리는 머쉬 서펜터는 그 길이만도 30m에 이르고, 몸통의 둘레가 2m가 넘는 아주 거대한 놈이다.

그런 머쉬 서펜터와 싸우고 있는 강철 거인은 바로 아케인 클랜에서 제작된 타이탄 '백두' 였다.

정진은 워리어급 타이탄 월러드를 기반으로 여러 타입의 타이탄을 만들어 시험을 했고, 그 결과 최종적으로 기본 모델을 정하고 양산한 것이 바로 지금 머쉬 서펜터를 상대하고 있는 타이탄 백두다.

백두란 이름은 바로 한민족의 영산인 백두산에서 따온 것이었다. 또 다른 뜻으로는 백두(白頭), 흰 머리, 즉 나이가 많은 지혜로운 지도자라는 뜻도 있었다. 그가 처음 타이탄을 발견한 곳이 바로 흰머리산 던전이기도 했기에, 정진은 백두란 이름이 잘 맞는다고 생각했다.

백두의 전체적인 형상은 원형인 월러드와 완전 차이가 있었다.

정진은 정수의 의견을 듣고 로난과 논의한 결과, 현대에 와서는 대(對)타이탄전이 벌어질 일은 거의 없으니 타이탄의 무게를 줄여도 될 거라고 결론지었다. 이를 바탕으로 정진은 백두를 개발하면서 원형인 월러드에서 대타이탄전에 필요한 기능은 모두 빼고 설계하였다.

그러다 보니 불필요한 중량을 줄이기 위해 팔과 다리에 속을 비운 중공장갑을 사용했으며, 각 관절 파츠에는 커다란 뿔을 붙였다.

이 뿔은 단순히 장식이 아니라, 무기로 사용할 수 있도록 날카롭고 단단하게 제작되어 있었다. 물론 보는 것만으로도 위압감이 느껴지는 모습이기도 했다.

백두들은 실제로 지금 머쉬 서펜터를 상대로 무릎과 팔꿈치에 붙어 있는 뿔을 이용해 공격을 하거나, 때로는 방어하고 있었다.

또한 백두는 각각 기본 무장으로 타이탄 마스터가 주력으로 사용하는 무기를 갖추고 있었다.

만약 타이탄 마스터가 한 손 검과 방패를 사용한다면 타이탄 또한 동일한 무기를 갖고 있었다. 양손 무기, 즉 대검이나 창 등을 사용하는 헌터가 마스터라면 타이탄 또한 마찬가지로 무장하고 있었다.

타이탄은 타이탄 마스터의 행동을 읽고 동일하게 움직인다. 때문에 타이탄 마스터가 될 헌터에게 익숙한 무기를 사용하는 것이 타이탄을 통한 전투에 적응하고 전투력을 유지하는 데 훨씬 유리했다.

만약 타이탄을 탑승했을 때는 탑승하지 않았을 때와 다른 무기술을 펼쳐야 한다면, 타이탄 마스터는 타이탄을 움직이기 위해서 새 무기술을 익혀야만 하는 것이다.

타이탄이 마스터가 생각한 그대로의 움직임을 보이는 전투 병기인 점을 생각하면 굉장히 비효율적인 일이었다.

때문에 정진은 백두를 양산형으로 개발하면서도 일부러 타이탄의 무기를 통일하지 않았다.

이것은 타이탄 제작자인 로난의 조언을 따른 것이었다. 고대 아케인 왕국에서 채택했던 방식 그대로, 타이탄 마스터의 주력 무기를 연구한 뒤 타이탄의 크기에 맞게 제작하기로 했다.

제작 시간은 좀 더 오래 걸렸지만, 헌터들이 쓰는 무기는 애초에 그렇게까지 다양하지는 않았다.

시간을 더 투자한 대가로, 타이탄 마스터가 된 헌터들은 타이탄에 보다 쉽게 적응할 수 있었다.

크르르륵!

쉬이익!

타이탄들의 압박에 궁지에 몰렸던 머쉬 서펜터가 거대한 몸으로 똬리를 틀었다.

— 모두 조심해라!

머쉬 서펜터의 모습을 본 이정한이 다급하게 소리쳤다.

타이탄 백두는 내부에 타이탄 간 통신을 위한 송수신기를 가지고 있었다. 때문에 전투 중에도 서로의 의사를 주고받을 수 있었다.

그렇기에 위험한 대형 몬스터 사냥을 하면서도 별다른 위기를 겪지 않고 사냥을 하고 있다.

정한의 경고에 방패를 든 백두들이 전면으로 나섰다. 동시에 머쉬 서펜터를 공격하던 다른 타이탄들은 뒤로 물러났다.

쉬이익!

휘잉!

머쉬 서펜터는 순식간에 틀고 있던 똬리를 풀어내며 굵은 꼬리를 마치 채찍처럼 휘둘렀다.

하지만 그것에 걸리는 타이탄은 아무도 없었다.

텅! 텅!

미리 준비를 하고 있던 타이탄들은 방패 뒤에 숨은 채, 날아오는 머쉬 서펜터의 꼬리 공격을 방패로 빗겨냈다.

아무리 타이탄이 들고 있는 방패가 단단하다고 해도 대형 몬스터의 공격을 정면으로 맞았다가는 무사할 수는 없었다.

때문에 아케인 클랜에선 몬스터의 공격은 무조건 빗겨 막는 것을 원칙으로 정했다.

아카데미에서 교육을 받을 때부터 가장 강조되는 사항 중 하나였고, 아케인 클랜 소속 헌터는 모두 이러한 빗겨 막기에 능숙했다.

그렇게 머쉬 서펜터의 꼬리 공격은 완전히 수포로 돌아갔고, 꼬리를 휘두른 뒤 생겨난 잠깐의 틈을 노린 타이탄들이 다시 우르르 달려들었다.

대형 몬스터 헌팅은 결코 단시간 내에 끝나지 않는다.

위험을 무릅쓰면 할 수 있을지도 모르지만, 아케인 클랜의 헌터들이 아무리 유능하다 해도 과욕은 금물이다. 쓸데없는 욕심을 부리며 방심하는 것은 몬스터 헌팅에 있어 가장 지양해야 할 태도였다.

정진은 타이탄 테스터로 나선 아케인 클랜의 헌터들에게 절대 무리하라고 하지 않았다.

목숨은 하나뿐이다.

가족을 위해, 동료들을 위해 언제나 안전을 최우선할 것을 몇 번이나 당부했다.

자신의 역량으로 감당할 수 없는 몬스터를 발견했을 때는 즉시 클랜에 연락하도록 해서 지원 병력을 보내는 방향으로 움직이고 있었다. 거기에 혹시 모를 과욕을 방지하기 위해서 사냥이 끝났을 때는 지원 팀은 물론 최초 발견자나 그 파티가 사냥된 몬스터의 일정 지분을 받을 수 있게 약정까지 걸어두었다.

— 포메이션 A, 위치로!

— 위치로!

정한이 외치자, 그의 지시에 타이탄들이 일제히 흩어지며 미리 정해둔 위치에 맞게 자리를 잡았다.

곧이어 머쉬 서펜터가 채 자세를 잡기도 전해 일사불란하게 취약점을 공격해 들어갔다.

A 포메이션은 타이탄이 각각 2인 1조가 되어 공격과 방

어를 전담하여 공략하는 기본 포메이션이었다.

조별로 자리 잡은 타이탄들이 쉴 틈 없이 돌아가며 머쉬 서펜터를 공격했다. 각 조들의 움직임은 모두 유기적으로 연결되어 있어, 머쉬 서펜터가 미처 반격할 틈을 주지 않았다.

시간이 흐르고, 마침내 머쉬 서펜터가 단말마의 비명과 함께 하늘로 높이 고개를 쳐들었다가 바닥에 쓰러졌다.

머쉬 서펜터의 거대한 몸이 질퍽한 늪지대에 쓰러지자, 한 자 가까이 튄 진흙들이 타이탄을 덮쳤다.

하지만 긴 시간 사투한 끝에 머쉬 서펜터를 쓰러뜨린 아케인 클랜의 타이탄들은 그런 것에는 전혀 신경 쓰지 않았다.

모두 얼싸안고 머쉬 서펜터를 사냥했다는 것에 뛸 듯이 기뻐하고 있을 뿐이었다.

— 아자!

— 드디어 대형 몬스터를 잡았어!

헌터들은 모두 늪지대에 반쯤 가라앉은 채 쓰러져 있는 머쉬 서펜터를 내려다보며 기쁨에 환호성을 질렀다.

— 자자, 그만 떠들고. 가라앉기 전에 끄집어내야지.

팀장인 정한의 지시에 헌터들이 싱글벙글하며 타이탄을 움직여 머쉬 서펜트의 머리를 잡았다.

머쉬 서펜터의 머리는 얼마나 큰지, 거의 타이탄 상체만 했다.

스윽! 스윽!

워낙 거대한 탓에 죽어 축 늘어진 머쉬 서펜터의 사체는 심하게 무거웠다. 타이탄 네 기가 끌어당기고 있는데도 잘 딸려오지 않았다.

쿵!

10여 분간 씨름을 하며 늪지에서 머쉬 서펜터의 사체를 끌어낸 헌터들은 마른 땅에 다다르자 헉헉거리며 머쉬 서펜터를 바닥에 내동댕이쳤다.

그런 팀원들의 모습을 본 정한이 타이탄을 몰아 머쉬 서펜터의 머리 쪽으로 걸어갔다.

쾅! 쾅! 쾅!

머쉬 서펜터의 머리 가까이 다가간 정한은 칼을 들고 머쉬 서펜터의 두개골이 있는 부위를 내리치기 시작했다.

대형 몬스터도 소형이나 중형 몬스터들처럼 심장에 마정석이 들어 있지만, 간혹 머쉬 서펜터처럼 머리에도 마정석을 가지고 있는 놈들이 있었다.

정한이 머쉬 서펜터를 내리치고 있는 것도 바로 머리에 있는 마정석을 회수하기 위해서였다.

무슨 이유로 심장뿐만 아니라 머리에도 마정석이 들어 있는지 원인을 알 수는 없었지만, 어차피 마정석이 하나건 둘이건 헌터들에게는 상관이 없었다.

아니, 두 개면 더 좋은 일 아니겠는가.

더욱이 머리에서 발견되는 마정석은 그 순도도 아주 높았으니 더할 나위 없는 일이었다. 다만 아쉬운 점이 있다면 심장에서 나오는 마정석에 비해 에너지 용량이 적다는 것이었다.

원래 마정석은 심장보다 머리, 즉 뇌에서 발견되는 마정석이 더 상급의 마정석이었고, 쓰임도 더욱 무궁무진하다.

이는 고대 뉴 어스에서 알려져 있던 사실로, 지금은 알고 있는 사람이 없었다.

물론 정진은 로난으로부터 이 정보를 듣게 되었다.

로난의 말에 따르면, 대형 몬스터의 머릿속에서 발견되는 순도가 높은 마정석들은 타이탄의 코어인 엑시온의 성능을 향상시키는 데 가장 중요한 재료 중 하나였다.

현재 지구인들은 뉴 어스의 자원을 제대로 활용을 하지 못하고 있다. 드넓은 뉴 어스에는 아직 발견되지 않은 광산이나 유적이 아주 많았다.

그야말로 자원의 보고지만, 이런 뉴 어스를 제대로 개발하지 못하고 있는 이유는 바로 몬스터들 때문이었다.

뉴 어스 각지에는 너무 많은 몬스터들이 분포되어 있어,

안전하게 자원을 얻을 수 있는 곳이 한정되어 있었다.

헌터라는 직업이 생겨난 것은 바로 이런 이유 때문이기도 했다. 헌팅을 통해 광산이나 유적 등에서 몬스터를 몰아내는 것은 물론, 잡은 몬스터로부터 마정석을 비롯한 부산물을 얻을 수 있기 때문이다.

사실 타이탄의 심장인 엑시온을 제작하기 위해서는 마정석 이전에 광산 등에서 발견할 수 있는 마나를 품은 광석, 즉 마나석이 많이 필요하다.

하지만 지하 깊은 곳이 아니라면 마나석을 발견하기란 하늘의 별 따기보다 힘들었다.

만약 차차 마나석 광산이 발견되고 그것을 개발하게 된다면, 지금처럼 몬스터를 사냥해서 얻은 마정석으로 대체하지 않아도 타이탄을 만들어낼 수 있었다.

마나석과 마정석은 석유와 석탄의 차이처럼 대동소이했다.

마나석은 지하의 광석이 마나를 품게 되면서 만들어진 것이고, 마정석은 몬스터들의 몸에 쌓인 마나로 인해 만들어졌을 뿐이다.

둘 다 마나라는 에너지를 품고 있으나, 마정석에 비해 자연에서 만들어진 마나석은 보다 순수한 마나를 품고 있었다.

당장 구할 길이 없는 마나석을 찾느라 시간을 허비할 수는 없으니, 로난은 타이탄에 들어갈 엑시온을 만들기 위해 마정석을 대체제로 이용하기로 결정했다.

이후 한 일은 몬스터의 몸속에서 만들어지면서 조금씩 변형된 마정석의 마나를 보다 순수한 형태로 정제하는 일이었다.

그러나 아무리 로난이 9서클 마도사라고 하지만 마나를 정제하는 일이 결코 쉬울 리 없었다.

여러 차례 실패를 거듭하면서 그는 넋두리처럼 대형 몬스터의 머릿속에 있는 마정석에 대한 이야기를 꺼냈다. 대형 몬스터나 지성을 가진 몬스터는 머릿속에 고순도의 마정석을 하나 더 가지고 있다는 것이다.

로난은 대형 몬스터로부터 순수한 마나를 담고 있는 마정석을 얻게 되면 지금처럼 마정석의 마나를 정제하는 어려운 과정을 군이 거칠 필요가 없다고 말했다.

동시에 정진에게 대형 몬스터를 잡을 수 있게 되면 꼭 머리 부분의 마정석을 구해달라고 부탁했다.

대형 몬스터의 머리 부분에 있는 마정석이 더 좋은 이유는 그뿐만이 아니었다.

정확한 원리는 알 수 없지만, 몬스터의 머릿속에서 생겨난 마정석을 이용하면 타이탄의 에고를 형성하는 데 더 유리했다.

실제로 로난과 정진은 마정석의 마나를 정제하여 몇 기의 타이탄을 만들어냈다. 그런데 프로토 타입의 타이탄들보다, 나중에 정진이나 이정진이 구해온 대형 몬스터의 머리에서 나온 마정석을 이용한 타이탄들의 자아가 더 뛰어났다.

이런 타이탄들은 마스터와의 싱크로율도 아주 높았고, 더 빠르게 성장했다.

아직까지는 이런 고순도 마정석을 몇 개밖에 확보하지 못했기 때문에, 일반 마정석도 적절히 섞어서 만든 타이탄들을 생산하고 있었다.

그리고 이 타이탄들은 모두 정한과 같이 팀장을 맡고 있는 간부급 헌터들에게 우선적으로 지급되었다.

최근에는 아케인 클랜의 규모도 상당히 커져, 아직 모든 간부들에게는 지급하지 못했다.

그래도 정진은 장기적으로 아케인 클랜의 모든 헌터들에게 대형 몬스터의 머리에서 나온 고순도의 마정석을 이용한 타이탄을 지급할 생각을 갖고 있었다.

정진은 차후 아케인 클랜에서 사용할 타이탄들은 모두 대형 몬스터의 머리에서 나온 고순도의 마정석으로 만들어야겠다고 생각했다.

로난 또한 정진의 이런 의견에 찬성했다.

대형 몬스터의 머리에서 얻을 수 있는 고순도 마정석의 이러한 쓰임새가 알려지게 된다면, 당장 몬스터 산업계의 마정석 가격 동향에 큰 변동이 생겨날 것이다.

정진은 그저 아케인 클랜의 헌터들에게 대형 몬스터를 잡을 경우, 머리에서 추출할 수 있는 순도가 높은 마정석을 가장 먼저 확보하라고 지시해 두었다.

정한은 클랜장인 형의 지시대로 머쉬 서펜터의 머릿속에서 마정석을 꺼냈다. 또 머쉬 서펜터의 배를 갈라 심장을 꺼냈다. 그 안에서 또 하나의 마정석이 모습을 드러냈다.

머쉬 서펜터의 크기가 있다 보니 안에서 꺼낸 마정석의 크기도 다른 몬스터와는 비교가 되지 않을 정도로 컸다. 어른 주먹만 한 크기와 빛깔, 틀림없는 상급 마정석이었다.

정한은 다시 움직여 머쉬 서펜터의 몸통을 적당한 크기로 절단하기 시작했다. 주변에 있던 다른 헌터들도 몬스터를 해체하는 데 쓰이는 도구들을 가져와 돕기 시작했다.

턱! 턱! 턱!

머쉬 서펜터는 사체 또한 버릴 것이 없는 보물이었다.

아니, 머쉬 서펜터뿐만 아니라 대형 몬스터는 머리부터 발끝까지 모든 것이 다 보물이다.

대형 몬스터라는 것은 그만큼 수년에서 수십 년 이상 수많은 몬스터들과 사투를 벌여 살아남은 몬스터라는 뜻이나 진배없다.

또한 수없이 많은 다른 몬스터들을 집어삼켰다고도 볼 수 있었다.

그 과정에서 다른 몬스터가 품고 있던 마정석을 수십 개는 삼켰을 터, 대부분은 흡수되지만 분해하는 과정에서도 여러 개의 중, 하급 마정석을 획득할 수 있다.

뿐만 아니라 머쉬 서펜터의 뼈는 가공하면 뛰어난 건축자재가 된다. 거대한 몸을 지탱하는 뼈대인 만큼 웬만한 금속보다도 단단한 강도를 갖고 있기 때문이다.

살도 독기만 정화한다면 훌륭한 식재료로 사용할 수 있었다. 독을 품은 몬스터라고 하지만 머쉬 서펜터는 식용이 가능했다.

머쉬 서펜터는 예로부터 동서양을 막론하고 스태미너 식품으로 알려진 뱀이다. 그것도 이무기라 불릴 정도로 많은 에너지를 지니고 있는 몬스터이다 보니, 요리를 하면 원기 회복에 아주 좋은 보양 음식이 된다. 독기만 제대로 제거한다면 고스란히 에너지를 흡수할 수 있었다.

— 아이고, 아까운 것.

머쉬 서펜터를 분해하던 정한이 늪지대의 진흙에 섞여 사라지는 핏물을 보며 혀를 찼다.

저 피 또한 받아서 가져간다면 에너지가 고도로 농축된

부산물로 비싼 값에 판매할 수 있기 때문이다.

이렇게 귀중한 피였지만, 오랜 전투를 하면서 곳곳에 생긴 상처에서 흐른 많은 피가 이미 진흙 속으로 사라진 뒤였다.

정한은 아쉬움에 입맛을 다시며 그것을 바라보았다.

─ 흠……. 이게 다 돈인데.

─ 너무 아쉬워하지 마세요. 얼른 복귀해야죠.

죽은 머쉬 서펜터의 사체를 뒤지던 다른 클랜원이 웃으며 말했다.

─ 어, 그래. 빨리 싣고 가자.

시체를 나눠서 잘 싸맨 클랜원들이 아케인 쉘터로 이동할 준비를 하기 시작했다.

발라낸 살점과 뼈, 가죽, 마정석까지 부산물들을 모두 챙겨 수레에 싣는 일련의 작업은 모두 일사불란하게 이루어졌다. 옮기고 있는 헌터들의 모습도 제법 숙련되어 있었다.

만약 머쉬 서펜터의 서식지가 클랜의 쉘터와 가까이 있었다면 이곳에서 사체를 해체하지 않고 통째로 쉘터로 가져갔을 것이다. 하지만 머쉬 서펜터의 서식지는 아케인 클랜의 쉘터로부터 너무도 멀리 떨어져 있었다.

어쩔 수 없이 가장 값이 나가는 마정석을 채취하는 과정에서 머쉬 서펜터의 피는 버려질 수밖에 없었다.

물론 따로 피를 받는 작업을 먼저 할 수도 있겠지만, 오늘 사냥은 그런 것을 염두에 두고 나온 것이 아니었기에 포기할 것은 포기를 해야만 했다.

　머쉬 서펜터의 핏물에서 눈을 돌린 정한은 가방에 마정석과 머쉬 서펜터의 사체를 담았다.

　― 소환 해제.

　정한이 낮게 중얼거리자, 타이탄의 모습이 빛과 함께 사라졌다. 빛이 사라지고 난 자리에는 정한만이 남아 있었다.

　"모두 타이탄을 돌려보내라."

　"알겠습니다."

　정한의 지시에 팀원들도 각자 시동어를 외쳤다.

　― Out.

　― 돌아가.

　각자 정해진 시동어를 외치자 빛과 함께 팀원들이 타고 있던 타이탄 또한 아공간으로 사라졌다.

　거대한 타이탄은 운용하는 데 많은 정신력을 소모한다. 타이탄 마스터들은 모두 아머드 기어를 운용하는 것 이상으로 피곤해질 수밖에 없었다.

　다만 아머드 기어의 경우 운용 시 느껴지는 충격을 모두 육체로 바로 받아들이기에 금방 피로가 느껴진다면, 타이탄의 경우에는 생각하는 것으로 기동되기 때문에 육체적인 피로는 사실상 거의 없었다.

타이탄 마스터가 타이탄 운용에 피로를 느끼는 부분은 정신적인 스트레스와 마력의 소모에 따른 허탈감이 복합적으로 작용한 피로였다.

직접 마력을 컨트롤하여 거대한 타이탄을 운용하는 것이니 당연 피곤할 수밖에 없는 것이다.

그래서 이러한 타이탄 마스터의 피로감을 줄이고 또 타이탄 운용을 보다 효율적으로 하기 위해 찾아낸 방법이 바로 아공간을 이용한 방법이었다.

공간 확장 마법이 걸린 물건에 타이탄을 봉인했다가, 필요한 시점에 봉인을 풀고 소환하여 탑승하는 것이다.

사실 이러한 문제는 처음 타이탄이 개발이 되었을 때는 문제가 되지 않았다.

타이탄은 애초에 마법사가 자신의 몸을 보호하기 위해 개발하던 골렘의 발전형이기 때문이다.

마법사가 직접 자신의 아공간에 보관했다가 소환을 하면 그만이었으니, 따로 보관을 걱정할 필요가 없었던 것이다.

하지만 시간이 지나면서 마법사보다 기사가 타이탄을 운용하는 것이 더 월등한 위력을 보인다는 것이 밝혀지고, 그 뒤로 마법사는 타이탄을 운용하기보단 타이탄을 운용하는 기사를 보조하는 위치에 이르게 되었다.

그렇지만 외골수요, 자존심이 강한 마법사들은 자신들이 무식한 기사들의 보조적 역할로 전락했다고 여기고 기분 나빠하기 시작했다.

타이탄의 제작, 전장으로의 운반, 그런 역할을 맡게 되니 마치 타이탄의 엔지니어로서만 전장에 선다고 느낀 마법사들은 너도 나도 역할을 거부했다.

그렇게 되자 전장에는 혼란이 생길 수밖에 없었다.

50톤이 넘어가는 타이탄을 전쟁이 벌어진 전장까지 운반을 하는 데 애로 사항이 한두 가지가 아니었다.

강이나 산과 같은 지형을 지나는 것은 물론, 잘 닦이지 않은 도로로 이동하는 것도 문제가 되었다.

거대한 수레를 만들어 운반을 하려고 해도 그 무게를 감당할 수레를 만들기도 어렵다. 뿐만 아니라 각고의 노력 끝에 운반체를 만들어낸다 해도, 땅이 그 무게를 감당하지 못했다.

50톤이란 무게는 절대 쉽게 볼 무게가 아니다. 단단한 돌로 포장된 도로라 해도 그 무게를 감당하지 못하고 푹푹 꺼져 버릴 수밖에 없다.

뉴 어스의 왕국 지휘관들은 어쩔 수 없이 타이탄 마스터에게 타이탄을 직접 운용을 하여 전장으로 이동을 하게 해 보았다.

하지만 그것도 또한 문제였다. 타이탄 마스터가 직접 운용을 하니 이번에는 타이탄 마스터들이 어려움을 호소했던 것이다. 30분에서 1시간 정도 운용하면 최소 3시간 이상을 휴식을 취해줘야 다시 타이탄을 운용할 수 있었기 때문이다.

그러나 전쟁과 같이 급박한 상황에서 이동으로 그렇게 시간을 허비할 수는 없었다. 이동하는 것만으로도 타이탄 마스터들이 지치니, 정작 전장에 도착을 해서는 제대로 타이탄을 운용할 수 없었다.

결국 왕국들은 마법사들에게 부탁했다.

마법사들은 연구를 통해 아공간 마법을 인챈트한 아티팩트를 개발했고, 이것을 통해 최초 운용하던 방식과 마찬가지로 아공간에 타이탄을 보관한 뒤, 필요한 곳에서 다시 소환하는 방법을 채택했다.

정진이 흰머리산에서 타이탄을 발견했을 당시에는 타이탄에 속한 아공간 아티팩트를 발견하지 못했다.

하지만 고대 아케인 왕국 타이탄 제작자였던 로난이 있기에 그의 도움을 받아 아케인 클랜에서 개발한 워리어급 타이탄 백두는 정상적으로 타이탄을 수용할 수 있는 아티팩트를 함께 제작할 수 있었다.

정한은 타이탄을 소환 해제하면서 마정석과 머쉬 서펜터

의 사체가 담긴 가방 또한 타이탄과 함께 아공간에 보관했다. 물론 다른 팀원들 또한 마찬가지였다.

그러자 머쉬 서펜트를 사냥하고 난 뒤 얻은 부산물들로 잔뜩 생겨났던 짐 대부분이 줄어들며, 정한을 비롯한 헌터들은 헌팅을 나왔다고 하기 민망할 만큼 단출해졌다.

짐을 모두 아공간에 보관한 정한은 미소 지으며 팀원들을 돌아보았다.

"오늘은 목표를 초과 달성했으니, 이만 쉘터로 돌아가자."

"와!"

"야호!"

정한의 말에 팀원들은 일제히 환호성을 질렀다.

사실 몬스터 헌팅은 아무리 잘 끝내도 상당히 피곤한 작업이다. 몬스터를 완전히 마무리짓는 순간까지 긴장을 늦출 수 없기 때문이었다.

더욱이 타이탄을 운용한 뒤라 또다시 사냥감을 찾아 돌아다니는 것은 너무 힘든 일이었다.

그런데 오늘은 대형 몬스터이면서 다른 대형 몬스터보다 사냥이 쉽고, 마정석의 순도도 높은 머쉬 서펜터 사냥도 성공했다. 그것만으로도 기쁜 일인데, 수확이 워낙 좋아서 평소보다 훨씬 일찍 쉘터로 복귀해서 쉴 수 있게 된 것이다.

"복귀하면서 몬스터는 될 수 있으면 다 회피하고, 최대한 빨리 복귀하자."

"알겠습니다."

"가장 가까운 몬스터 무리는 동쪽으로 600m. 직선에 가깝게 돌아서 가자. 후열은 뒤처지지 말고 바짝 붙어."

"네."

"출발한다."

밝은 표정으로 고개를 끄덕인 헌터들이 정한의 지시에 따라 쉘터 방향으로 이동하기 시작했다.

아주 빠른 속도로 뛰고 있음에도 거의 소리가 나지 않았다.

매직 아머 등에 새겨진 마법을 통해 아케인 클랜의 헌터들은 거의 힘들이지 않고도 신속하게, 아주 조용하게 이동할 수 있었다.

✝ ✝ ✝

한편 정진은 헌터 협회 회장인 이기동과 회동을 하고 있었다.

"이거 정정진 클랜장님과는 참으로 오랜만이네요. 몬스터 웨이브 직후로 시간이 많이 흘렀지만 그동안 뵙지를 못했네요."

이기동은 정진을 보며 반갑게 인사를 하였다.

자신보다 한참이나 나이가 어린 사람이지만 이기동은 정진을 절대 함부로 대하지 않았다.

괄목상대라고 해야 할까, 정진은 대체 그 능력의 끝이 어디인지 알 수 없을 정도로 지금까지 너무나 엄청난 일들을 해왔다.

그리고 그가 한 일들은 모두 자신과 헌터 협회에 많은 도움이 되었다.

설립 초기, 조금은 기형적인 구조로 인해 정부와 기업들에 끌려만 가던 헌터 협회다.

그런데 정진이 등장하고 그와 손을 잡고 프로젝트를 추진하면서 헌터 협회는 옥죄고 있던 족쇄를 풀어내고 독자적으로 성장하기 시작했다.

매직 웨폰과 포션의 경매를 통해 독자적인 자금줄을 마련하게 되면서, 정부의 압력이나 기업들의 압력에서도 당당히 맞설 수 있게 되었고 헌터 협회를 좀먹던 악습도 쳐낼 수 있었다.

물론 그 과정에서 많은 헌터 협회 간부들이 비리와 파벌에 휩쓸려 떨어져 나갔다.

헌터 협회를 잘 이끌던 전임 회장인 전기수는 헛된 욕심을 부린 탓에 자리에서 끌어 내려졌다. 자칫 그 과정에서 헌터 협회와 정진과의 사이가 틀어질 뻔하기도 했다.

다행히 정진은 전기수만 축출해 냈을 뿐, 새로운 회장으로 이기동을 앉히면서 헌터 협회와의 관계를 유지하는 것을 선택했다.

전기수 전 회장은 완전히 몰락했고, 그동안 저지른 비리에 대한 대가로 감옥에 가는 신세가 되었다.

그 모습을 모두 지켜본 이기동은 다시 생각할수록 전기수가 아닌 정진의 손을 잡은 것이 옳은 선택이었다고 생각했다.

그 후 자신은 헌터 협회 회장의 자리에 오르는 것은 물론, 몬스터 웨이브를 성공적으로 막아냈다는 명예까지 얻었기 때문이다. 협회 내에서 현재 자신의 입지는 전기수 전 회장이나 차현수 전 부회장과는 비교할 수 없을 정도로 컸다.

그 모든 것은 물론 정진과의 관계 덕이었다.

그러니 나이가 자신보다 적다 하여 정진을 무시할 수 있는 입장이 아니다.

오히려 이기동은 정진의 눈치를 보며 그와의 관계를 유지하고 발전시키기 위해 노력했다. 정진이 자기 사람이라고 생각한 사람에게는 얼마나 헌신적이고 잘해주는지 보아온 것이 있었기 때문이다.

"벌써 나와 계셨습니까. 제가 좀 늦었군요."

정진은 약속 시간보다 먼저 나와 있는 이기동의 모습에
놀라며 인사했다.

명색이 헌터 협회 회장의 직책을 가지고 있는 그가 일개
헌터 클랜의 장을 만나러 오면서 이렇게 약속 시간보다 일
찍 나와 있는 모습을 다른 사람이 알게 되면 뭐라고 할지
빤했다.

비록 자신이 약속 시간에 늦은 것은 아니었지만, 언제나
스스로의 위치를 잊지 않고 자신과의 협력 관계를 유지하려
하는 이기동의 모습은 전기수와 비교되는 부분이었다.

"아닙니다. 제가 시간에 여유가 있어 바람도 쐴 겸 일찍
나왔을 뿐입니다."

정진의 말에 이기동은 고개를 저으며 자리에서 일어나 그
를 맞았다.

"앉으시죠."

"예, 감사합니다."

"어쩐 일로 절 만나자고 하신 것인지 여쭤봐도 되겠습니
까?"

이기동은 조심스럽게 정진에게 물었다.

그런 이기동의 질문에 정진은 빙그레 미소를 지으며 대답

을 하였다.

"나쁜 이야기는 아니니 그렇게 긴장을 하지 않으셔도 됩니다."

"하하, 그래요. 그럼 아케인 클랜장님의 말씀만 믿고 기쁜 마음으로 하시는 말씀을 경청하겠습니다."

정진은 이기동을 향해 미소 지으며 생각했다.

'정말이지 한결같은 사람이다.'

처음 이기동과 만났을 때는 필요에 의해 손을 잡은 것뿐이었는데, 7년 전이나 헌터 협회장이 된 지금이나 자신을 대하는 모습이 한결같았다.

그에 비해 자신에 의해 축출된 전 헌터 협회장인 전기수는 어떠했는가.

물론 그는 처음 만났을 때도 헌터 협회 회장이었고, 자리에서 물러나기 전에도 헌터 협회장이었다.

다만 그 위상은 하늘과 땅 차이만큼이나 큰 갭이 있었다.

처음 전기수를 만났을 때, 그는 그저 이름만 협회장이었지 거의 모든 권한은 부회장인 차현수에게 넘어간 상태였다.

뿐만 아니라 협회 내 분위기 또한 제대로 잡지 못해 조만간 차현수에게 밀려날 처지였다.

그러던 전기수는 자신과 연을 맺은 이기동의 도움으로 헌터 협회의 재정이 풍족해지자 점차 협회 내 발언권을 확보하기 시작했다. 힘을 키워 나가는 헌터 협회를 보며 전기수와 손을 잡기를 잘했다고 생각한 때도 물론 있었다.

하지만 그런 생각은 완전히 배신당했다.

절정은 정진이 헌터 협회에 포션의 판매 위탁을 하면서부터였다.

이기동을 통해 전기수 회장에게 인계된 포션은 헌터 협회는 물론, 협회장인 전기수의 위상을 높여주었다. 포션 판매를 통해 강력한 권력을 휘두르게 된 전기수는 점점 하늘 높은 줄 모르고 뻗대기 시작했다.

정진이나 이기동의 경고 아닌 경고도 있었지만, 전기수는 그 모든 것을 다 무시했다.

오히려 전기수는 정진과 아케인 클랜을 찍어 누르려 했고, 전기수가 선을 넘었다고 판단한 정진은 그를 끌어내리는 길을 선택했다.

그런데 눈앞에 있는 이기동은 달랐다.

처음 만났을 때부터 지금까지 이기동의 태도는 무엇 하나 변한 게 없었다. 이전에 비해 정진의 위상도 높아졌지만, 헌터들의 파워가 강해진 지금 헌터 협회장인 이기동의 권력도 대한민국을 좌지우지할 수 있는 정도다.

하지만 이기동은 분수를 알았고, 나서야 할 때와 나서지 말아야 할 때를 구분하는 현명함이 있었다.

전기수를 축출할 때, 이기동 역시 완전히 깨끗한 사람은 아니라는 걸 정진도 알고 있었다. 때문에 차기 협회장으로 그를 추진하면서 지금까지 비밀리에 유심히 지켜보았다.

이기동은 정진과의 약속을 지켰다. 과욕을 부리지 않았고, 적정선을 지켰다. 개인의 사리사욕보다는 도리를 우선시했다.

'이런 사람하고는 끝까지 가야지.'

속으로 그렇게 생각한 정진이 운을 떼었다.

"다름이 아니라 회장님과 타이탄에 대한 논의를 하고 싶어서 말입니다."

"네? 타이탄이라니요?"

이기동은 느닷없이 타이탄에 대한 논의를 하자는 정진의 말에 눈을 동그랗게 떴다.

타이탄이 무엇인가? 중국이 몬스터 웨이브를 막아내기 위해 동원한, 아머드 기어를 능가하는 대몬스터 병기다. 또한 대몬스터 병기 개발에 있어 가장 선두에 선 나라인 미국에서 어렵게 복원하고, 상용화하기 시작했다.

불과 몇 달 전의 토픽이었기에 대한민국 헌터 협회장인 이기동 또한 기억하고 있었다.

그때, 이기동은 불현듯 생각난 것이 있었다.

"혹시 7년 전 노태 클랜에서 발굴했다는 그것을 말씀하시는 겁니까?"

정진은 이기동의 말에 웃으며 고개를 저었다.

"아닙니다. 얼마 전 저희 아케인 클랜에서도 미국과 마찬가지로 타이탄을 개발하는 데 성공하여 드리는 말씀입니다."

"네? 그게 정말입니까?"

이기동은 대경하여 정진을 바라보았다. 정진은 그 놀란 눈길을 받으면서도 담담하게 대답했다.

"그렇습니다. 제가 굳이 회장님을 이곳까지 모셔놓고 농담이나 하겠습니까?"

이기동이 입까지 벌린 채 저도 모르게 들고 있던 양손을 천천히 내렸다.

방금 정진이 한 말이 사실이라면 이것은 결코 간단한 일이 아니었다.

현재 전 세계는 타이탄 이야기로 그야말로 난리였다.

중국에서의 대대적인 홍보도 있었지만, 미국의 레기온 사가 타이탄을 개발하면서부터 온 나라가 타이탄으로 들썩이고 있었던 것이다.

레기온 사는 개발해 낸 타이탄을 선전하기 위해 대규모 위력 시험까지 선보였는데 그중에는 중(重)형 몬스터인 오거와의 일대일 대결이나, 다수의 몬스터를 상대하는 집단전도 포함되어 있었다.

각국에서 취재를 하기 위해 몰려들었고, 전 세계에 그 모습이 생중계되었다.

거대한 몬스터와 강철로 이루어진 거인의 대결은 아주 웅장했고, 인간의 본성을 깨우는 마력이 있었다.

이기동 또한 뉴스를 통해 그 영상을 보면서 가슴이 떨렸다.

그런데 국가적 지원을 받는 군수 업체인 레기온 사가 타이탄을 복원해 낸 지 고작 몇 달이 지난 이 시점에서, 아케인 클랜이 별 얘기도 없이 그 엄청난 것을 개발하는 데 성공했다는 것이다.

이기동은 지금 정신을 차릴 수가 없었다.

"정말, 정말입니까? 타이탄을 개발하셨다니, 대체 언제……."

흥분을 한 이기동은 말을 제대로 잇지 못했다.

"이걸 보시지요."

정진은 대답 대신 태블릿 PC를 테이블 위에 올려놓았다.

태블릿 화면에는 어떤 동영상이 떠올라 있었다.

하얀 페인팅을 한 타이탄이 평지를 걷고 있는 모습이었다.

그것은 미국에서 선보인 타이탄과는 사뭇 다른 모습을 하고 있었다.

미국의 타이탄이 마치 미식축구 선수를 연상시키는 육중한 모습을 하고 있다면, 지금 화면에 등장한 흰색의 타이탄은 전체적으로 조금은 날렵한 모습을 하고 있었다.

물론 미국의 타이탄에 비해 날렵하다는 것뿐, 전체적으로 풍기는 느낌은 장중하고 거대했다.

그때, 뉴 어스의 평원을 걷고 있던 흰색 타이탄이 빛살 같은 속도로 질주하기 시작했다.

이기동은 태블릿 화면 속으로 들어갈 것처럼 영상에 집중했다. 이미 타이탄을 개발하는 데 진짜 성공했는지 어쨌는지를 떠나, 영상 속 타이탄의 모습에 빠져든 것이다.

이윽고 타이탄의 기동 테스트와 몬스터를 상대로 하는 실전 테스트까지 마친 뒤 영상이 끝났다.

"……."

20분 정도가 흐를 동안 숨도 크게 쉬지 못하고 보고 있던 이기동은 영상이 끝났음에도 제대로 말을 꺼내지 못했다.

타이탄의 성능도 성능이었지만, 이기동이 가장 놀란 부분은 팀을 이루고 있는 타이탄끼리 통신하는 장면이었다.

미국에서 선보인 타이탄 영상에서도 몬스터와 집단전을

할 때 통신을 주고받는 모습이 등장하기는 했다.

하지만 그건 어디까지나 포획한 몬스터들을 이용해 지구에서 임의로 꾸민 스튜디오에서 시험한 것이었다.

뉴 어스에서 직접 촬영한 영상도 있었지만, 전자기기가 작동하지 않는 탓에 그 영상에서는 통신 장면이 나오지 않았다.

그런데 정진이 보여준 동영상에서 실전 테스트를 한 곳은 누가 봐도 지구가 아니라 뉴 어스였다.

실전 테스트가 벌어진 숲속은 지구의 것이라고는 생각하기 어려울 정도로 큰, 처음 보는 나무와 풀들로 뒤덮여 있었다. 언뜻 보이는 하늘도 아주 청량하고 깨끗한 것이, 공해라고는 찾아볼 수가 없는 자연환경이었다.

비록 지금은 은퇴했지만, 한때 이기동 자신도 현역 헌터였던 만큼 잘 알 수 있었다. 영상 속의 장소가 모두 뉴 어스라는 것을.

'아케인 클랜에서는 뉴 어스에서도 서로 통신이 가능하다고 했는데, 정말인가 보군.'

그는 몬스터 웨이브가 끝난 뒤 받은 보고서 내용을 떠올렸다.

지난 몬스터 웨이브에서 정진은 자신의 실력을 선보이며, 통신 수정구나 워프 게이트 마법 등도 일부 공개했다.

이기동은 그 자리에 없었지만, 뒤늦게 몬스터 웨이브의 결과를 보고한 자료에서 그런 내용을 보게 되었다.

서면으로 접한 이기동이 조금 늦었을 뿐, 정진이 엠페러 쉘터 등에서 직접 움직인 탓에 대형 클랜의 헌터들 사이에서는 은근히 떠돌고 있는 사실이었다.

사실 아케인 클랜의 헌터들은 오래전부터 서로 통신을 할 수 있었다.

그랬기에 금지 중 한 곳인 영원의 숲에 자리를 잡았고, 또 주 사냥터로 지정하고 헌팅을 하러 다닐 수 있었던 것이다.

아무리 정진이 지급한 장비 등으로 아케인 소속 헌터들이 월등한 실력을 가지고 있다고는 하지만, 영원의 숲은 괜히 금지라 불리는 곳이 아니다.

정진은 그런 곳에서 클랜원들이 안전하게 헌팅을 하기 위해서는 서로간의 의사소통이 필수라고 판단했다. 그래서 그는 클랜원들에게 근거리에 있는 이들끼리 통신할 수 있는 기능이 있는 아티팩트를 지급했다.

지구까지, 혹은 뉴 어스 내에서도 수십 킬로미터 이상 떨어진 사람과도 통신할 수 있는 통신 수정구도 있다. 하지만 유용한 만큼 상당히 만들기 어려운 아티팩트이고, 사용하는 것도 까다롭기 때문에 모든 클랜원들한테 지급할 수는 없었다.

하지만 같은 파티끼리 의사소통할 수 있는 도구를 지급하는 정도는 그리 어렵지 않았다.

물론 아케인 클랜의 마스코트이자 수호신과 같은 존재인 타라칸이 그들을 지켜주기도 했다. 영원의 숲 지배자의 보호를 받고 있는 만큼 영원의 숲에서 헌팅을 하면서도 방심하지만 않는다면 아케인 클랜원들은 누구보다 안전하게 헌팅을 할 수 있었다.

사실상 영원의 숲은 아케인 클랜에서 실전 훈련장과 같은 의미로 생각되고 있었다.

실제로 아카데미를 수료한 헌터들은 영원의 숲에서 간부들과 함께 훈련을 하고, 그 훈련에 통과한 뒤에야 일반 헌팅 팀에 배속되도록 되어 있었다.

이후 경력이 쌓여 일정 수준이 되면 영원의 숲이 아닌 다른 4대 금지에서 사냥할 수 있는 자격을 취득한다.

영원의 숲은 클랜의 지원도 있고, 가디언인 타라칸이 보호해 주기도 하지만 다른 4대 금지에서는 지켜줄 존재 없이 본인 스스로가 안전을 책임져야 한다.

때문에 철저히 실력 위주의 검증을 거친 이후에야 4대 금지에서 헌팅할 수 있는 내부 허가증이 발급되었다.

이런 것들은 물론 외부인인 이기동은 전혀 알지 못하는

사실이었지만, 방금의 동영상을 본 이기동은 아직도 정진의 많은 부분이 베일에 싸여 있다는 것만은 짐작할 수 있었다.

"그런데 자세히 보니 타이탄들이 조금씩 모양이 다르던데 어떻게 된 것입니까? 혹시 한 가지 종류가 아니라 여러종류의 타이탄을 개발하신 겁니까?"

간신히 정신을 차린 이기동이 정진에게 질문했다.

"아, 그건 아닙니다. 모양은 조금 다르지만 모두 같은 타이탄을 베이스로 한 것들입니다 다만 여러 차례 시험을 하느라 장갑의 모양만 다른 것입니다."

이기동의 눈썰미에 약간 감탄한 정진은 고개를 끄덕이며간단히 설명했다. 자세히 얘기해 주지는 않았지만, 그렇다고 거짓을 말하지도 않았다.

분명 동영상에 나온 타이탄들은 초기에 만든 프로토 타입도 섞여 있었다.

"회장님도 짐작을 하시겠지만 여기 이 타이탄이 기본형이고, 이게 초기 프로토 타입 A형과 B형입니다."

정진은 이기동이 다 본 동영상을 다시 뒤로 돌려 정지를시켜놓고 타이탄을 하나하나 짚으며 설명을 하였다.

"그리고 이것이 최종적으로 완성이 된 모습입니다."

정진은 또다시 태블릿을 조작을 하여 타이탄 백두의 모습을 띄워 보였다.

"조금 전에 본 것보다는 모양이 날렵하군요."

이기동은 애써 목소리를 밝게 하며 말했다.

말로는 날렵해 보인다고 했지만, 처음 보았던 기본형이나 A, B형 프로토 타입에 비해 다소 약해 보였던 것이다.

정진은 이기동의 반응에 살짝 미소를 지었다.

"앞에 보신 것보다는 약해 보이죠?"

"험험, 뭐 그런 경향이 없진 않습니다."

외형적으로 조금은 우악스러운 모습을 하고 있는 월러드의 모습을 원형 그대로 제작한 기본형이나, 현대적 인체 구조와 비슷한 관절을 구현한 A형과 B형의 모습에 비해 무게를 줄이기 위해 슬림해진 백두의 모습은 유약해 보일지도 모른다.

하지만 기본형인 월러드나 그것을 개량한 A형과 B형, 그리고 최종 선택한 백두, 모두 같은 등급의 엑시온을 가지고 있었다.

타이탄에게 중요한 것은 외형이 아닌, 엑시온의 성능과 무게였다.

뉴 어스인들은 오랜 기간 연구를 통해 가장 효율이 좋은 마력과 중량의 비율을 발견했고, 그것을 바탕으로 워리어급 타이탄인 월러드를 만들었다.

정진 또한 이 월러드를 바탕으로 기본형 타이탄을 제작

했다.

하지만 월러드 역시 아직 더 개선되어야 할 타이탄이었다.

정진과 로난이 함께 연구하며 생각한 부족한 부분을 개선하여 만든 것이 프로토 타임 A와 B형이었다.

그리고 거기에 동생 정수의 조언을 듣고 불필요한 중량을 줄여 만든 것이 최종형인 백두였다.

파워는 같은데 중량이 가벼워졌으니, 당연히 기동성은 기본형인 월러드나 변형인 A, B형보다 월등했다.

"이들은 모두 동급의 마력로, 엑시온을 가지고 있습니다. 즉, 모두 동일한 힘을 가진 타이탄입니다. 겉보기에는 다르지만 백두 역시 동일한, 아니, 월등한 성능을 가지고 있습니다."

이기동이 여전히 고개를 갸웃거리자, 정진은 좀 더 자세히 설명해야겠다고 생각했다.

"타이탄을 만들어낸 고대 뉴 어스인들은 우리들처럼 주적이 몬스터만 있는 것이 아니었습니다."

"그럼 또 무엇과 싸운 겁니까?"

"뉴 어스인들에게는 몬스터뿐만 아니라 다른 나라의 사람들도 적이었습니다. 당시 뉴 어스에도 지금의 지구처럼 여러 국가들이 있고, 서로 분쟁도 있었을 테니까요. 타이탄들은 몬스터만을 상대하기 위해 개발된 것이 아니라, 말 그대로 다른 나라와의 전쟁에도 쓰이던 전쟁 병기였다는 소립니다."

"그렇군요. 같은 타이탄끼리도 전투했다는 거군요."

이기동은 그제야 정진이 하고자 하는 말의 뜻을 알아들었다.

똑같이 거대하고 육중한 금속제 타이탄과 전투를 하기 위해서는 보다 단단하고 강력하게 만들어야 했을 것이다. 장갑을 두껍게 하는 것이 당연했고, 또 기본형의 모습처럼 단순하면서도 빠르게 대량생산에 용이한 모습이어야만 했다.

하지만 그것을 다른 세계인 지구에서 복원해 낼 자신들은 입장이 다르다.

타이탄은 이제 막 개발된 병기, 그것도 전 인류 공동의 적인 몬스터를 상대할 병기다.

그 말은 타이탄끼리의 전투를 염두에 두지 않아도 된다는 뜻이다.

"타이탄이 보다 여러 국가에서 개발되기 전까지는 타이탄끼리 전투가 벌어진다 하더라도 일대일이나, 소수의 집단전 정도가 벌어질 겁니다. 물론 그렇다고 백두가 대타이탄전을 할 수 없다는 것은 아닙니다. 소수 대 소수의 전투라면 백두처럼 슬림한 장갑으로도 충분히 승산이 있습니다.

기동성이 더 뛰어나니까요."

정진이 설명하자, 이기동은 연신 고개를 끄덕이며 들었다.

정진이 타이탄을 개발하면서 가장 먼저 생각한 것은 바로 대몬스터전이었다.

굳이 인류의 주적인 몬스터를 두고 굳이 인간끼리의 싸움을 염두해 둘 필요가 있나 하는 것이었다.

그러나 동시에 정진은 아케인 왕국이 멸망한 과정을 잊지 않았다.

인간의 욕심은 언제나 화를 부른다.

이제는 인간의 사고에서 벗어나는 경지에 발을 담그고 있는 자신 또한 가족과 아케인 클랜원과 그 가족들을 먼저 생각한다. 조금 더 나아가 자신과 손을 잡고 있는 이기동을 비롯한 헌터 협회, 더 넓게는 대한민국을 먼저 생각한다.

다른 사람들은 어떻겠는가.

하물며 그것이 어떤 단체, 어떤 국가가 되면 다수의 이름 아래 자신들의 이득을 위해서 수단과 방법을 가리지 않게 된다.

흰머리산에서 출토된 타이탄은 온전한 모습으로 발굴된 최초의 타이탄이었다.

그런데 동맹국인 미국 역시 압력을 행사해 거의 빼앗다시

피 한 기를 가져가지 않았는가.

하물며 대한민국에서도 타이탄을 개발했다는 소식이 들리면 절대 가만있지 않을 것이다.

미국만 경계해서 될 일도 아니었다. 역사만 돌아봐도 알 수 있는 대목이었다.

지정학적으로 강대국들에 둘러싸여 있는 대한민국은 군사적으로 세계에서 상위권에 들면서도 항상 기를 펴지 못하지 않았는가.

타이탄을 최초로 복원해 냈다며 홍보하고 있는 옆 나라 중국은 언제나 자신들이 세계의 중심이라고 믿고 있다. 스스로 살아남고 나아가기 위해서는 대한민국을 짓밟고 넘어가야 한다고 생각하는 일본도 경계해야 한다.

다른 나라에서 수작을 부리기 전에 확실히 자리를 잡아야 하는데, 대한민국 내부에서도 자신들의 이권을 위해 다투고 있으니 일이 맘처럼 풀리지 않았다.

같은 대한민국 국민이면서도 일부는 미국이 국가의 운명을 쥐고 있다고 생각하고, 누군가는 중국의 요구에 따르며 그들과 친하게 지내야 한다고 주장하기도 한다.

오래전 일본의 식민 지배로 얼마나 큰 피해가 있었는지를 알면서도 그것을 외면하고, 대한민국이 이만큼 발전할 수 있었던 것은 식민 지배 덕이라는 일본의 어처구니없는 말을 맹신하는 사람들마저 있었다.

정진은 자신이나 아케인 클랜, 그리고 대한민국이 그런 이권 다툼 속에 놀아나지 않기를 바랐다. 새로 개발해 낸 타이탄 또한 마찬가지였다. 엄청난 타이탄을 만들어낸다고 해도 다른 이들의 손 안에서 놀아나면 아무 소용이 없지 않은가.

정진은 폭우에 강물이 불어 방죽이 무너지듯, 한순간에 몰아친 뒤 다른 나라들에게 틈을 주지 않고 재빨리 자리를 잡아야 한다고 생각했다.

"아무리 타이탄을 개발하는 데 성공했다고는 하지만, 제대로 생산을 하기까진 오랜 시간이 걸릴 것입니다."

정진을 말을 하면서 이기동의 눈을 쳐다보았다.

눈은 마음의 창이라고들 한다. 어떤 생각을 하게 되면 눈을 통해 대략적으로 그 사람이 생각하는 것들을 읽을 수 있다는 뜻이다.

정진은 이기동의 눈을 쳐다보며 그가 지금 어떤 생각을 하는지 들여다보았다.

"그래서 전 회사를 설립하려고 합니다."

"회사요?"

느닷없이 회사를 만들겠다는 정진의 말에 이기동이 고개를 갸웃거렸다.

"회장님이 제가 만들 회사에 참여할 기업들을 추천해 주셨으면 합니다. 물론 저도 저와 인연이 있는 몇 곳에 참여 의사를 타진할 것입니다."

정진은 자신과 벌써 몇 년 동안 묘한 관계에 있는 백장미를 떠올리며 말을 하였다.

그녀는 대한민국에서도 손에 꼽는 대기업인 신세기 그룹 백동한 회장의 무남독녀였다.

타이탄을 보다 원활하게 생산하기 위해, 신세기 그룹 등 뛰어난 기술을 가진 국내 굴지의 기업들에 타이탄의 외형 제작을 맡기고자 하는 것이다.

정진은 일단 자신이 타이탄 제작사를 설립하고, 참여 의사가 있는 몇몇 그룹들이 지분 참여하도록 하여 기술을 전수할 생각을 갖고 있었다.

타이탄의 핵심인 엑시온 같은 경우는 함부로 손댈 수 없기에 아케인 클랜에서 직접 제작해 전달할 것이지만, 외형의 갑주나 타이탄의 무기 등은 오히려 기업들이 더 빠르고 쉽게 제작할 수 있을 것이다.

각 기업이 갖고 있는 여러 생산 라인을 활용한다면 대량 생산에 훨씬 유리하기 때문이다.

정진의 이런 계획에 대해 들은 이기동이 고개를 끄덕이다가, 문득 이상하다는 듯 말했다.

"그렇다면 굳이 절 부르실 것이 아니라 그룹 오너들을 불러 사업 설명회를 하는 편이 좋으셨을 텐데요."

이기동이 아는 정진은 어떤 일이든 가장 효율적이고 합리적인 방식으로 처리하는 사람이다. 그런 그가 기업들을 끌어들여 새로운 사업을 하고자 하는데, 사실 이와 큰 관련 없는 자신에게 먼저 얘기한다는 것이 이상하게 느껴졌다.

이기동의 말을 들은 정진은 빙긋 미소를 지었다.

"회장님께서는 역시 욕심이 별로 없으시군요."

"욕심이요?"

"네, 전기수 전 회장 같으면 아마 제가 이 이야기를 꺼냈을 때, 어떻게 하면 자신이 더 많은 이득을 취할 수 있을지를 먼저 고심을 했을 테니까요."

그 말에 고개를 갸웃거리던 이기동이 멈칫했다.

'아, 또 날 배려하는구나.'

이기동은 단 한 번도 정진, 그리고 아케인 클랜과 손을 잡고 일을 추진하면서 언젠가는 그 대가를 받아야지라고 생각한 적이 없었다.

손을 잡고 있는 것만으로도 서로 얻을 수 있는 이득이 많다. 협력 관계인 이상 서로의 편의를 봐주는 것만으로도 큰 도움이 되기 때문이다.

하지만 정진이나 아케인 클랜은 이기동이나 헌터 협회가

준 작은 호의를 항상 배로 돌려주었다.

몬스터 웨이브 당시 정진과 아케인 클랜은 뉴 서울 방어를 하면서 많은 것을 아무런 대가 없이 쏟아부었다.

뿐만 아니라 뉴 서울의 방어가 끝난 뒤에도 또 다른 게이트인 뉴 대전이 위험하다는 소식을 듣고 지체하지 않고 그곳으로 달려갔다.

당시 뉴 대전은 몇몇 대형 클랜과 헌터 협회 간부가 짜고 일을 꾸민 탓에 많은 피해가 발생했다.

자칫 잘못했다가는 몬스터에 게이트가 점령이 되는 사태가 벌어질 뻔하기도 했다.

하지만 아케인 클랜원들과 정진이 나서면서 무사히 게이트를 방어할 수 있었다.

그렇게 대활약했음에도 불구하고, 정진이나 아케인 클랜은 본래 약속된 정부로부터의 보상 외에 어떤 대가도 요구하지 않았다.

이기동은 이런 저런 것들이 머릿속에 떠올랐지만 그 어떤 말도 입 밖으로 나오지 않았다.

Chapter 7
미래를 향한 일보

　신의주 센트럴 시티, 아케인 타워.

　아케인 타워는 아케인 클랜의 클랜장이 개발한 신개념 도시 에너지 공급장치의 핵심이 되는 건물이다. 뉴 어스에 있는 아케인 쉘터의 중앙 타워에 해당하는 건물이다.

　즉, 도시 방어 시스템이 적용된 센트럴 시티의 중심부라고 할 수 있었다.

　뉴 어스에 있는 아케인 쉘터의 경우 500명 정도를 수용하는 소규모 쉘터이기 때문에 중앙에 있는 타워도 적당한 높이의 탑일 뿐이었다.

　하지만 신의주 센트럴 시티에 있는 아케인 타워는 그 규모 면에서나 기능 면에서나 아케인 쉘터의 것과 비교할 수 없는 타워였다.

아케인 쉘터의 것과는 비교할 수 없을 만큼 거대했고, 탑이라기보다는 빌딩에 가까울 정도로 웅장한 100층이 넘는 규모의 구조물이었다.

이것만이 아니었다. 아케인 타워는 이곳으로부터 반경 50㎞ 안에 있는 66층짜리 타워 6개를 포함한 총 7개의 건물로 이루어져 있었다.

66층의 6동과 센트럴 시티 중앙에 있는 108층의 타워가 연동되어 있어, 도시 방어는 물론 전력을 비롯한 각종 자원을 공급하는 시스템이 갖춰져 있다.

아케인 타워는 센트럴 시티를 감싸고 있는 6동의 서브 타워로부터 에너지 파장을 만들어내면, 중앙에 있는 메인 타워가 공명하여 에너지를 발생시키는 구조였다.

이렇게 공명한 에너지는 서브 타워에서 생산하는 에너지와 공명하여 더 거대한 에너지를 만들어내고, 메인 타워로 다시 흡수된다. 이후 도시 내에 공급되거나, 외부의 공격으로부터 도시를 방어하는 시스템을 위해 사용된다.

도시 전체가 이 시스템을 바탕으로 움직이는 만큼 아케인 타워의 역할은 아주 중요했다.

정부는 북한 지역에 건설되는 각 신도시들에 만들어질 타

헌터 프론티어

워들의 관리를 어떻게 해야 할지 고심했다.

기반 시스템인 만큼 적에게 점령되거나 악용된다면 걷잡을 수 없는 사태가 초래될 수도 있기 때문이다. 관리가 소홀해지거나 오류가 발생하면 도시 기능이 마비될 수도 있는 중요한 일이었다.

혁신적인 도시를 만들어낸 만큼 그것을 어떻게 방어하고 관리해야 할지 고민할 수밖에 없었다.

그때, 그렇다면 다른 정부 기관에 맡길 바에야 헌터 협회에서 관리하면 어떻겠느냐는 의견이 나왔다.

그럴 듯한 의견이라고 판단한 정부 관료들은 즉시 헌터 협회에 의견을 타진했다.

이미 남한에는 각 도시마다 헌터 협회 지부들이 있었다. 게이트가 서울과 대전 두 곳뿐이라고 해도, 두 도시에만 헌터들이 사는 게 아니기 때문이다.

헌터들은 일반인들이 상상하기 힘든 신체 능력을 갖고 있고, 이들이 범죄를 저지른다면 일반 국가 공무원들은 통제하기 어려웠다.

헌터 협회는 헌터들의 권익을 보장하거나 라이선스를 발부하고, 몬스터 웨이브와 같은 특수한 사태가 벌어졌을 때 헌터들을 모으는 역할을 한다. 하지만 이런 사건이 벌어졌을 때 경찰 대신 출동하고, 범죄를 저지른 헌터들을 구금하는 경찰 같은 역할을 하기도 했다.

새롭게 도시를 조성한 북한 지역 역시 헌터 협회 지부가 들어설 것이다. 때문에 정부 관료들은 헌터 협회가 각 지부를 통해 타워의 관리를 해줄 수 있을 거라 판단했다.

결과는 성공적이었고, 의외의 성과까지 나타났다.

바로 타워의 관리직을 맡게 되면서 은퇴한 헌터들이 재취업에 성공한 것이다.

북한 지역에서 몬스터를 몰아내고 한반도를 통일한 대한민국 정부는 빈 북한 지역을 실효지배하기 위해 신도시를 건설하고 인구 분산 정책을 실시했다. 이때 은퇴한 헌터들을 포함한 많은 헌터들이 기회를 얻기 위해 북한 지역에 건설된 신도시에 대거 이주하였다.

신도시에 이주하면 2년간 세금 면제 혜택이 주어지고, 우선적으로 의료 지원 혜택도 받을 수 있었다. 정부의 시책에 대한 호응도 좋았고, 워낙 대규모 건설이었던 탓에 홍보를 할 필요도 없었다.

정부는 우선적으로 개발한 신의주를 중심으로 한 평안북도, 그리고 자강도의 우시군에 지원자들을 이주시켰다.

처음 북한 지역 개발 시작 당시 중국의 동북공정을 저지할 목적으로 우선 건설된 이 도시들은 모두 압록강 인근에 위치해 있었다.

그러다 보니 남한의 도시들과 너무 멀리 떨어져 있다는 단점이 있었다.

새 도시로 이주한 일부 사람들은 자신들이 고립된 것은 아닌가라는 불안에 떨어야 했다.

하지만 아케인 타워의 역할에 대해 이해하자 이런 불안은 금방 사그라들었다.

아케인 타워에는 단순히 도시를 방어하고 에너지를 공급하는 것 말고도 또 다른 기능이 존재했다.

바로 공간과 공간을 연결하는 워프 게이트의 운용이었다.

국토가 두 배가 넘게 늘어났지만, 인구는 그리 빨리 늘지 않는다. 헌터의 숫자 또한 게이트가 세 개나 있는 나라임에도 턱없이 부족하다.

게이트가 1개뿐인 일본보다 헌터의 숫자가 적으니 말 다 한 셈이다.

그런 헌터 숫자로 몬스터 웨이브를 막아냈다는 것이 사실상 기적과도 같은 일이었다.

실제로 중국의 경우 인구만큼이나 많은 헌터 수를 보유하고 있었다. 국토 또한 한반도에 비해 훨씬 넓다. 하지만 게이트의 숫자는 대한민국과 동일한 세 개였다.

몬스터 웨이브를 무사히 막아냈지만, 대한민국은 지난 2, 3차 몬스터 웨이브 때의 경험을 바탕으로 다시 몬스터 웨이브가 발생을 할 경우 보다 빠르고 신속하게 대응을 하기 위한 방법을 계속해서 논의했다.

그 과정에서 도시 방어 마법진을 담당하는 아케인 클랜의 클랜장인 정진에게 해결책을 의뢰하게 된 것이다.

정진은 그 해결 방안을 워프 게이트로 해결했다.

거리를 무시하고 공간과 공간을 연결하기에 이보다 좋은 해결 방법은 없었다.

워프 게이트를 확인하자, 정부는 물론이고 헌터 협회나 워프 게이트를 사용할 이용자들 모두 열렬히 환영하였다.

그러면서 아케인 타워에 설치한 워프 게이트를 기존의 도시에도 건설해 줄 것을 부탁했다. 워프 게이트는 그야말로 운송과 교통의 혁명이나 다름없었다.

하지만 정진은 그것까지는 정중히 거절을 하였다.

로난과의 약속 때문이다.

정진은 로난에게 북한 지역의 도시 개발이 끝나면 그가 원하는 타이탄 연구를 시작하겠다고 약속했다.

하지만 기존의 도시에까지 워프 게이트를 건설하려면 더 긴 시간이 걸린다. 때문에 정진은 도시 간 워프 게이트가 필요하다는 데는 찬성하는 입장이면서도 의뢰를 거절했다.

다만 당장 해야 할 중요한 일이 있어 지금은 시간을 내지 못하지만, 그 일이 끝나면 다시 검토해 보겠다는 여지를 두었다.

결국 정부도 강력하게 주장을 하지 못하고 한발 물러났다.

사실 정부에서 그렇게 물러난 것은 상당히 이례적인 일이었다. 어느 나라나 사업의 주체가 정부라면 정부가 언제나 갑의 위치에 있게 된다.

말이 의뢰지 거의 강제나 마찬가지인 것이다.

그런데 정부마저도 정진에게만큼은 한발 양보하는 태도를 보였다.

물론 모든 정부 인사들이 그런 정진의 거절에 고개를 끄덕인 것은 아니었다.

총리인 김종혁이나 내무부 장관인 최태영 등은 일개 헌터가 정부가 하는 일을 거절한다는 것에 화를 냈다.

하지만 당사자가 하기 싫다는 것을 억지로 시킬 수도 없는 일이다. 정부는 어쩔 수 없이 정진의 말에 고개를 끄덕일 수밖에 없었다.

정진도 막무가내로 거절할 수만은 없어, 북한 지역에 있는 도시 간 워프 게이트가 아케인 타워 내에 건설되었다. 그리고 게이트가 있는 서울과 대전에도 워프 게이트를 설치해 주었다.

또다시 몬스터 웨이브가 발생했을 때, 보다 헌터들을 신속하고 편하게 이동시키기 위해서였다.

† † †

신의주 센트럴 시티 아케인 타워 100층.

7명의 사내들이 모여 회의를 하고 있었다.

이들의 정체는 바로 정진과 현 헌터 협회 회장인 이기동, 헌터 관리청 청장인 박용욱, 국정원장인 최수환, 재계 서열 1위의 오성 그룹 회장인 이희철, 성대 그룹의 정준 회장, 그리고 신세기 그룹 백동한 회장이었다.

"이곳까지 오시게 하여 정말이지 송구스럽습니다."

이기동은 오늘 모임을 추진한 대표로 나서서 자리한 이들에게 인사를 하였다.

이미 정진과 이기동의 협의는 전부 끝나 있었다. 헌터 협회는 이 사업에 지분 참여를 하는 형식으로 모임을 주최하는 것이다.

"여러분들도 타이탄이 어떤 것인지는 뉴스를 통해 다들 아실 것이라 생각합니다."

이기동은 말을 하고는 주위를 둘러보았다.

잔뜩 긴장하는 사람들의 표정이 눈에 들어왔다.

"중국에선 이번 제4차 몬스터 웨이브를 막기 위해 타이탄을 동원했으며, 상당한 성과를 냈다고 얘기하고 있죠. 그리고 미국의 경우, 최초로 대몬스터 병기인 아머드 기어를 개발했던 것처럼 자체적으로 아머드 기어를 능가하는 최강의 대몬스터 병기를 개발했다며 타이탄을 선보였습니다. 여기서 잠시 영상을 하나 보시겠습니다."

말을 마친 그는 테이블 위에 있던 리모컨을 들어 눌렀다.

그러자 하얀 벽으로 생각했던 곳에서 화면이 생기더니 뉴스 화면이 송출되기 시작했다.

[지금 보시는 것은 뉴 어스의 유적에서 발굴한 타이탄이란 고대의 대몬스터 병기입니다. 중국의 최대 헌터 문파인 구룡문에서는 이 타이탄을 7년 전 극비리에 발굴하여 연구를 하였다고 합니다. 이를 통해 타이탄이 아머드 기어처럼 탑승형 병기란 사실이 밝혀졌습니다. 이번 제4차 몬스터 웨이브 때 구룡문의 문주이자 3급 헌터인 주우위 문주가 이 타이탄에 탑승하여 활약한 사실이 뒤늦게 알려지며 화제가 되고 있습니다. 구룡문에서 공개한 정보에 따르면, 타이탄은 그 크기부터 아머드 기어의 두 배나 되고, 중(重)형 몬스터인 오거도 일대일로 상대를 할 수 있을 정도로 엄청난 위력을 가지고 있다고 합니다. 지금까지, 중국 구룡문에서 KBC 주아영이었습니다.]

지지직!

[미국의 군수 업체이자 세계 최고의 몬스터 산업체인 레기온 인더스트리는 오늘 자신들이 개발한 신개념 대몬스터 병기 타이탄을 선보입니다. 타이탄은 일주일 전 중국이 뉴어스의 던전에서 발굴한⋯ 오랜 연구 끝에 자체 기술로 개발에 성공한 타이탄은 전사를 뜻하는 워리어라는 이름을 얻었으며, 마치 중세 기사가 갑옷을 입고 있는 모습을 극대화한 것처럼 보입니다. 아, 지금 막 시범이 시작이 된 것 같습니다.]

두 번째 영상에서는 레기온 사에서 공개한 타이탄의 영상이었다.

차이가 있다면 중국의 타이탄이 미국에 비해 조금 더 화려하게 생겼다는 사실이었다.

하지만 이 자리에 있는 사람들의 관심사는 중국의 오리지널 타이탄이 아닌 미국이 개발했다는 새로운 타이탄이었다.

비록 화려한 모양을 하고 있지는 않지만 병기란 화려하고 좋은 것이 아니다. 얼마나 강한 위력을 내는지가 가장 중요했다.

이들의 관심은 미국이 개발한 타이탄이 얼마나 강한 위력을 낼 것인지, 그리고 자신들이 알고 있는 아머드 기어와는 어떻게 다른지였다.

이 동영상은 그들 또한 이미 뉴스를 통해 모두 본 영상이었지만, 다시 봐도 신선한 충격을 안겨주었다.

국정원장인 최수환이 문득 물었다.

"이 영상을 왜 보여주는 겁니까?"

최수환 국정원장은 바쁜 자신을 신의주까지 부른 이유를 알 수가 없어 조금은 신경질적으로 물었다.

국정원은 예전에는 북한에 대한 정보를 취득하는 데 가장 많은 노력을 쏟았으나, 3차 몬스터 웨이브로 북한 정권이 멸망한 이후로는 업무에 큰 변화가 있었다.

최근 국정원의 주 업무는 외국의 몬스터 산업에 대한 정보 수집이었다.

몬스터 사태가 발생한 이후, 국가 간 분쟁보다는 인류 공동의 적인 몬스터가 가장 큰 문제이자 이슈로 떠올랐다.

때문에 어느 나라가 뉴 어스에서 얼마나 많은 개발을 하였는지, 어떤 대몬스터 병기를 개발했는지, 또는 마정석을 얼마나 효율적으로 사용해 신제품을 만들어냈는지가 각국의 최대 관심사가 되었다.

중국의 타이탄 복원이나, 레기온 사에서 타이탄을 개발했다는 사실은 모두 국정원에서 사전에 알아냈어야 할 정보들이었다.

하지만 얼마 전까지만 해도 국정원은 이런 사실을 까맣게 모르고 있었다.

중국의 경우 얼마 전까지만 해도 북한 지역을 두고 대한민국과 트러블이 있었다.

그런데 대한민국에서는 전혀 모르고 있던 타이탄 복원 뉴스가 나오자, 최수환은 대통령으로부터 무척이나 심각한 질책을 받았다.

제4차 몬스터 웨이브를 성공적으로 막아내고 몬스터에 점령이 된 북한 지역을 수복한 것으로 고무되었던 분위기가 그 중국발 뉴스로 인해 찬물이 끼얹어진 것처럼 한순간에 얼어붙었던 것이다.

설상가상으로 미국에서 타이탄이 개발이 되었다는 뉴스까지 나왔다.

그러니 아무리 신뢰가 두터운 최수환 원장이라고 하지만 질책을 받지 않을 수 없었다.

그런데 지금 그 영상을 다시 두 눈으로 확인을 하게 되자 최수환 원장의 표정이 보기 싫게 구겨진 것이다.

"조금 뒤 나오는 영상을 보시면 알 수 있을 것입니다."

이기동은 최수환 원장의 질문에 제대로 된 대답을 하지

않고 계속해서 동영상을 보라고 하였다.

"으음!"

그러자 최수환 국정원장은 이기동의 대답에 심기가 불편해진 것을 내보이듯 헛기침을 하고는 시선을 다시 벽으로 돌렸다.

조금 전에 보았던 중국이나 미국의 타이탄과는 조금 모양이 다른 타이탄이 영상 속에 나타났다.

중국의 오리지널 타이탄은 전체적으로 화려하면서도 육중한 모습을 하고 있다. 그리고 미국의 타이탄은 중국의 것보다 양산의 편의성을 위해 좀 더 단순화된 모습의 타이탄이었다.

그런데 영상 속의 타이탄은 둘 중 어느 것도 아니었다.

"저건 어느 나라의 타이탄이오?"

최수환 국정원장은 새로운 타이탄의 등장에 긴장을 하며 질문을 하였다.

설마 일본이나 다른 나라에서 새롭게 타이탄이 등장한 것은 아닌가 하는 걱정이었다.

미국 다음으로 기술력이 뛰어난 것은 유럽 연합이지만 방금 본 타이탄의 형태는 유럽인들이 선호하는 모습은 아니었다.

어떻게 보면 동양의 무사와 비슷하였는데, 대체적으로 육중한 느낌이 아니라 날렵한 모습을 하고 있었다.

"설마 다른 나라에서도 타이탄을 개발을 한 것입니까?"

지금까지 조용히 있던 헌터 관리청장인 박용욱이 물었다.

"아닙니다."

"아니라고요?"

"그럼 어느 나라가 헌터 클랜이 발굴한 것이란 말입니까?"

상식적으로 나라가 아니라면 타이탄을 보유할 수 있는 곳은 헌터 클랜뿐이었다.

박용욱은 방금 전에 본 타이탄이 지구에서 개발된 것이 아니라 뉴 어스의 던전에서 발굴이 된 것이라고 이해하고 고개를 갸웃거렸다.

"그것도 아닙니다. 저 타이탄들은 여기 계신 정정진 클랜장이 개발한 것들입니다."

이기동의 설명이 끝나기 무섭게, 여기저기서 경악하는 소리가 들려왔다.

그도 그럴 것이 뉴 어스의 던전도 아니고, 또 어마어마한 규모의 군수복합기업도 아닌 일개 개인이 타이탄을 개발했다니 믿을 수가 없었기 때문이다.

"그게 사실입니까?"

조용히 이야기만 듣고 있던 그룹 회장들 중 가장 연장자인 오성의 이희철 회장이 물었다.

이희철 회장의 질문을 받은 사람은 정진이 아니라 헌터 협회의 이기동 회장이었다.

"맞습니다. 한 치의 거짓도 없는 사실임을 보증하겠습니다. 그러니 의심하지 마시고 동영상을 좀 더 자세히 보시면서 이야기를 들어주시기 바랍니다."

이기동은 자신을 미심쩍은 얼굴로 바라보는 사람들을 향해 말하곤 레이저 포인터를 들어 영상 속 타이탄을 가리키며 설명을 하기 시작했다.

"여기 이 타이탄이 바로 중국이 보유한 타이탄과 동급의 타이탄인 월러드입니다. 형태가 다르지만 그 제원은 같습니다."

이기동은 정진에게서 들었던 이야기를 아무런 막힘없이 설명하였다.

"그리고 여기 이 타이탄을 주목해 주시기 바랍니다."

월러드와 프로토 타입의 타이탄들이 화면에서 사라지고, 양산형 모델인 백두의 사진이 나타났다.

"이 타이탄은 조금 전에 설명드렸던 타이탄들을 보다 현실에 맞게 개량을 한 모델인 백두입니다. 백두의 이름에서도 짐작을 하시겠지만 우리 민족의 영산인 백두산에서 이름을 따온 것입니다."

설명을 하는 이기동의 말 속에는 무한한 자긍심이 들어 있었다.

처음 정진을 7년 전에 인터뷰했을 때, 그의 가치를 알아 보고 당시 헌터 협회장인 전기수에게 소개했다.

그리고 그것이 인연이 되어 지금까지 쭉 동반자의 길을 걷고 있다.

정진의 가치를 알아본 자신의 안목에 대한 자부심을 갖고 있는 이기동은 정진이 타이탄을 개발하는 자리에서 마치 자 신도 일조를 하고 있는 듯한 기분이 들었다.

사람들은 이기동의 강력한 말투에 자신도 모르게 옆에서 조용히 앉아 있는 정진과 동영상 속의 타이탄을 번갈아 보 았다.

그때, 성대 그룹의 정준 회장이 입을 열었다.

"헌터 관리청의 박용욱 청장님이나 최수환 원장님을 이 곳으로 부른 것이야 타이탄을 개발한 것에 대한 비밀 때문 이라 그럴 수 있다지만, 경제인인 우리들을 부른 이유는 무 엇입니까?"

정준 회장은 콧등으로 살짝 내려온 안경을 다시 올려 쓰 며 물었다.

"그건 여기 정정진 아케인 클랜장님께서 대답을 해주실 것입니다."

이야기를 하는 동안 계속되던 동영상이 끝났다.

사람들은 모두 정진을 돌아보았다.

시선을 받은 정진은 살짝 고개를 숙이며 인사를 하고 자리에서 일어났다.

이런 상황 역시 이미 사전에 이기동과 협의가 된 내용이었다. 이번에는 자신이 나설 차례였다.

"바쁘신 분들을 여기까지 모신 이유는 제가 개발한 타이탄을 생산할 회사를 설립하고 싶어서입니다."

"……."

정진이 말을 꺼내자, 일순 회의장에는 침묵이 감돌았다.

사람들은 놀람과 의문이 뒤섞인 표정을 감추지 못했다.

각자 반응은 달랐지만 그들의 머릿속에 떠오른 것은 하나였다.

회사를 설립하고 싶다면 회사를 설립하면 된다. 아케인 클랜은 이미 굳이 다른 단체의 도움이 필요 없을 정도로 성장했고, 인력도 자본도 충분히 갖고 있었다.

'그런데도 굳이 이런 자리까지 마련해 설명하는 이유는…….'

정준 회장은 애써 표정을 고치며 다른 사람들의 눈치를 보았다. 모두 표정 관리가 안 되고 있었다.

정준 회장과 눈이 마주친 이희철이 마른침을 삼켰다.

'함께할 것인지 의사를 묻기 위해서다.'

모두가 떠올린 이 생각은 물론 진실이었다.

박용욱이나 최수환이 있는 이유는 타이탄이 국가 전략무기로서의 기능을 할 수 있는 신개념 대몬스터 병기이기 때문이었다. 어떻게 보면 군수 사업에 가까운 이런 일에 정부 측 인사를 제외시킬 수는 없다.

오성과 성대, 신세기 그룹은 모두 정진과 이기동이 타이탄 사업을 함께하기로 결정한 기업이었다. 모두 대량생산을 위한 기술과 자본을 가지고 있는 굴지의 기업들이었다.

잠시 말을 멈춘 채 머릿속으로 부지런히 이 상황에 대해 생각하고 있는 이들을 둘러보던 정진이 다시 입을 뗐다.

"원래는 저희 아케인 클랜에서 자체적으로 생산하려고 생각했습니다."

각 기업 회장들은 물론, 박용욱이나 최수환 또한 뭔가 있다는 생각에 기대 어린 얼굴로 그를 바라보고 있었다.

"하지만 미국에서 타이탄을 개발하면서 계획을 수정할 수밖에 없게 되었습니다. 제가 이기동 헌터 협회장님을 통해 여러분들을 모신 것은 바로 이것 때문입니다."

정진은 자신이 타이탄을 개발하게 된 배경부터 시작하여 최종 계획까지를 사람들에게 들려주었다. 각색한 부분이 있었지만, 듣고 있는 사람들은 모두 연신 고개를 끄덕였다.

"…이렇게 타이탄을 생산할 계획을 세웠지만, 아무리 저희 클랜이 과분한 명성을 누리고 있고, 상당한 규모를 자랑한다고 해도 미국, 아니, 레기온 사의 생산력을 따라갈 수는 없다고 생각했습니다."

세 회장의 눈은 정진의 말이 계속될수록 어쩌면 자신들의 생각처럼 정진이 타이탄 생산에 대한 의뢰를 할지도 모른다는 기대감에 반짝였다.

"앞으로 많은 것이 바뀔 것입니다. 타이탄의 등장은 대단한 발견입니다. 지금까지의 몬스터 헌팅이 변화하는 것뿐만이 아닙니다. 저는 이후 뉴 어스에서도 지구처럼 영토의 개념이 생길 것이라 봅니다."

사람들은 설마 그런 일까지 벌어질 것인가 생각하면서도 어쩌면 정말 그렇게 될 수 있겠다고 동의할 수밖에 없었다.

영상으로 봤을 뿐이지만 타이탄의 위력은 그야말로 대단했다.

뉴 어스에 중(重)형을 넘어 아직 헌터들에 의해 좀처럼 사냥되지 않는 대형 몬스터, 그리고 그것을 초과하는 초대형 몬스터들이 서식하고 있다. 하지만 그것들의 개체 수는 그렇게 많은 숫자가 아니다.

게이트가 생겨난 지 벌써 많은 시간이 흘렀지만 아직도 뉴 어스에는 미지의 지역이 수없이 많았다.

하지만 아머드 기어를 능가하는 대몬스터 병기인 타이탄이 있다면, 상대하기 버거운 몬스터들이 서식하는 곳을 피해 영역을 확보할 수 있을 것이다.

현재 아머드 기어를 운용하는 드라이버들을 전부 타이탄 마스터로 만든다면 그것만으로도 엄청난 전력이 된다.

타이탄은 하나하나가 중(重)형 몬스터를 충분히 상대할 수 있는 대몬스터 병기다.

그런 타이탄을 지금의 아머드 기어처럼 몇 백, 몇 천 단위로 만들어낸다면, 대형이나 초대형 몬스터라고 해도 충분히 일정 영역을 확보할 수 있을 것이다.

그런 생각이 들자 박용욱은 물론이고 최수환까지 눈이 반짝이기 시작했다.

타이탄이 지금의 몬스터 대응군 규모로만 모이게 된다면 정말로 뉴 어스에 상당한 영토를 확보하고 국가를 만들 수도 있겠다는 생각이 들었다.

물론 그렇게 되기까지는 많은 시간이 필요하겠지만, 방금 본 영상에 따르면 현재 아케인 클랜이 보유한 타이탄의 숫자만 해도 최소 11기는 되어 보였다.

동영상 속에 있는 백두의 어깨에 5라는 숫자가 적혀 있었기 때문이다. 거기에 번호 없이 모양이 살짝 다른 타이탄들이 6기 더 있었다.

대량 생산을 위해 장비도 없이 만든 것치고는 꽤 많은 숫자였다.

사실 아케인 클랜에서 이 정도 숫자의 타이탄을 보유하게 된 것은 전적으로 로난의 힘이다.

타이탄을 개발해야 한다는 사명감에 빠져 있는 로난은 정진을 도와 타이탄을 연구하는 틈틈이 보다 빠르게 타이탄을 양산하는 방법 또한 연구했다.

로난은 아케인 아카데미에 있는 매직 웨폰을 만드는 마도 장치를 연구하기에 이르렀다.

이 모두 장치는 몇 가지 패턴으로 마법진을 그려 넣을 수도 있고, 또 간단한 조작으로 굴곡진 곳에도 마법진을 그려 넣어 매직 웨폰을 만들 수 있는 아티팩트였다.

로난은 연구 끝에 이 마도 장치를 모방하는 데 성공했다.

정진의 스승인 제라드가 정진에게 남겨 주기 위해 이 마도 장치를 만든 것은 그의 경지가 9클래스를 넘어 10클래스에 들어섰을 때였다.

9서클인 로난은 이 마도 장치의 원리를 완벽하게 이해하진 못했지만, 자신의 경지에 맞게 개량하여 타이탄을 만들 수 있는 장치를 개발해 냈다.

"이제부터 세 회장님이 관심을 가지실 만한 제안을 하려고 합니다."

정진에게서 말이 떨어지기 무섭게 세 사람은 긴장을 하였다.

"비록 동맹이긴 하지만 전 절대로 미국을 믿지 않습니다. 그들은 동맹이란 이름하에 참으로 많은 것들을 우리에게서 가져갔습니다. 예전에 아머드 기어를 가지고 그랬던 것처럼 타이탄을 가지고 또다시 그런 짓을 벌이지 않으리란 법이 없습니다."

박용욱이나 최수환 국정원장은 7년 전 노태 클랜에서 타이탄을 발굴하였을 때, 미국이 자신들에게 보인 행동에 대해서 떠올렸다.

당시 정부는 수요가 많은 아머드 기어를 자체 생산할 수 있도록 미국으로부터 구형 아머드 기어의 라이선스를 얻으려 협상 중이었다.

최신형도 아니고 구형의 것임에도 미국은 대한민국이 그것을 가지고 다른 나라에 기술을 팔거나 할 수 있다며 거절을 하였다.

그러면서도 흰머리산에서 타이탄이 발굴되었을 때는 최신형 아머드 기어 열 기를 줄 테니 타이탄을 내놓으라고 하였다.

세계 최초로 발견된 온전한 형태의 타이탄이었다.

만약 대한민국이 타이탄의 가치를 알았다면 차라리 협상

을 박차고 나갔겠지만 당시에는 타이탄에 대한 정보도 없는 상태였다. 만약 이것을 직접 연구하여 무언가를 발견해 낼 수 있는 기술이 있었다면 모르지만, 아머드 기어의 생산 기술조차 없던 대한민국은 결국 미국에 타이탄을 넘겼다.

아머드 기어 라이선스 생산은 기술 유출 우려로 줄 수 없지만 최신형 아머드 기어를 주겠다는 말에 미국에 타이탄을 넘긴 것이다.

최수환을 비롯한 정부 관료들은 당시 엄청난 굴욕감을 느꼈지만 어쩔 수 없었다.

힘없는 국가의 설움이란 그런 것이었다.

물론 아티팩트와 포션을 개발되면서 많이 누그러지긴 했지만 아직도 미국은 한국을 자신들의 봉 정도로 생각할 뿐이다.

이 자리에 있는 누구보다 박용욱이나 최수환은 미국의 이런 부분에 대해서 정진의 몇 배나 더 강하게 느끼고 있었다.

미국이 아주 현실적이고, 자국의 이득을 위해선 물불을 가리지 않는다는 것을 말이다.

"그런 제안이라면 굳이 우리까지 부를 필요가 있습니까?"

박용욱이 물었다.

이미 정진이 가지는 위상은 고위 공무원인 국정원장이나 헌터 관리청 청장이라 하여도 함부로 대할 수 없을 정도였다.

대한민국이 지금처럼 미국이나 중국을 포함한 다른 나라들에게 큰소리를 칠 수 있게 된 것은 전적으로 정진이 포션을 만들어내고 있기 때문이다.

몇 년 전까지만 해도 몬스터 산업에 관해선 변방이나 마찬가지였던 한국이다.

몇몇 등급에 비해 뛰어난 헌터들이 있어 아주 무시받지는 않았다. 하지만 그동안 2, 3차 몬스터 웨이브 당시의 피해로 국토 일부가 잠식된 이후 내부를 진정시키고 복구하는 데만도 벅차, 산업에까지 손을 댈 수 없었던 것이다.

몬스터 산업의 선진국이라고 할 수 있는 미국과 중국, 일본의 경우 국토 대부분을 오래전에 복구했고, 일부 몬스터들이 남아 있는 지역도 연구 등을 위해 일부러 남겨둔 것이었다. 항상 안전의 위협을 받고 있던 대한민국과는 상황이 달랐다.

그러던 것이 정진이 만들어낸 포션이 대한민국에서 등장하면서 상황이 바뀌었다.

지금가지 나온 그 어떤 치료제와도 그 궤를 달리하는 약물이다. 소모성 물품임에도 포션은 아티팩트와 같은 취급을 받았다.

포션만 있으면 위험한 몬스터 헌팅으로 부상을 당해 헌터 생활을 할 수 없게 된 헌터도 다시 복귀할 수 있을 만큼 기적 같은 치유력을 갖고 있었기 때문이다.

아주 위급한 외상을 입었을 때도 여벌의 목숨이 하나 더 있는 듯한 효과를 볼 수 있었다.

공급보다 수요가 많다 보니, 포션을 판매하는 대한민국의 위상이 높아질 수밖에 없었다.

정치인들은 국민의 목소리를 대변하는 사람들로서 어떻게든 포션을 더 많이 들여오기 위해 대한민국 정부에 로비를 하고 있었다.

박용욱 청장이나 최수환 국정원장이 정진을 일개 헌터라고 무시하지 못하는 데는 이런 이유가 있었다.

"물론 그렇게 생각하실 수도 있겠지만, 전 제 조국이 더 이상 강대국에 끌려가는 모습을 보고 싶지 않습니다."

정진은 말을 하다 말고 뭔가 맺힌 것이 있는지 억양에 악센트를 넣으며 방 안에 있는 사람들이 모두 들을 수 있을 만큼 큰 소리로 말을 하였다.

박용욱과 최수환은 뭔가 가슴에서 올라오는 뜨거운 것을 느꼈다.

"세 그룹에서 설립하게 될 타이탄 생산 회사의 지분 일부를 정부에서 가짐으로서, 혹시나 나중에라도 자본을 앞세운 외국에 회사가 넘어가는 일이 없게 했으면 합니다. 물론 헌터 협회와 저희 아케인 클랜에도 지분이 주어지겠지요."

오성의 이희철 회장이 걱정스러운 얼굴로 말했다.

"그렇게 되면 기업 운영을 하기 힘들지 않겠습니까?"

정부와 헌터 협회, 그리고 아케인 클랜까지 회사 지분을 맡게 되면 혹시나 나중에 멀쩡한 회사를 빼앗기는 것은 아닌가 하는 우려가 섞여 있었다.

물론 현 정부나 헌터 협회가 끼어 있으니 그럴 리야 없겠지만, 그동안 들어온 정보를 취합해 보면 정진이 마음만 먹는다면 정부나 헌터 협회도 그를 도와주지 않을 거라고 생각할 수 없었다.

"무엇을 우려하는지 잘 알고 있습니다. 그래서 말씀드리겠습니다."

정진이 입을 열자 이희철을 비롯한 정준 회장과 백동한 회장도 정진을 주시했다.

"지분은 정부가 7%, 헌터 협회가 7%, 그리고 저희 아케인 클랜이 35%를 가져갑니다. 대신 회사 경영에는 참여하지 않을 것입니다."

정진의 말이 떨어지기 무섭게 세 사람의 눈이 커졌다.

그 말은 자신들의 정진의 제안을 받아들여 회사를 설립하게 되면 그중 절반 정도의 지분을 정부와 헌터 협회, 그리고 정진이 클랜장으로 있는 아케인 클랜에 맡겨야 한다는 것이다.

하지만 그들이 놀란 이유는 따로 있었다. 너무 많은 지분을 넘긴다는 부분에 놀란 게 아니라, 경영에 참여하지 않겠다는 것 때문이었다.

"49%나 되는 지분인데, 그렇다면 그 부분은 우리의 우호 지분이라고 생각해도 되는 것인가?"

그동안 조용히 듣기만 하던 신세기 그룹의 백동한 회장이 정진에게 물었다.

백동한 회장보다 연배가 높은 오성 그룹의 이희철 회장도 정진에게 존칭을 사용했는데, 백동한 회장은 정진에게 평대를 하고 있었다.

이는 그와 정진이 오랫동안 교류해 왔기 때문에 자연스럽게 나온 것이었다.

백동한 회장의 무남독녀인 백장미와 정진이 어울리는 것은 공공연한 사실이다.

백동한 회장도 자신의 딸이 정진과 어울리는 것을 허락한 상태다.

이미 정진의 장래성을 알아본 그는 딸에게 보다 적극적으로 대시를 하라고 조언을 할 정도로 정진을 마음에 들어

했다.

만약 백장미와 정진이 당장이라도 결혼을 하겠다고 하면, 백동한 회장은 쌍수를 들고 환영을 할 것이다.

그렇기에 지금도 다른 사람들에 비해 편안한 마음으로 협상에 임하고 있었다.

"그렇습니다. 조금 전에도 말씀드렸다시피 제가 원하는 것은 다른 것이 아닙니다. 제 조국이, 제 가족과 후손들이 살아가야 할 이 나라가 외세에 눌려 지내는 것을 보고 싶지 않습니다."

정진은 스스로가 애국자나 나라를 사랑하는 인물이라고는 생각지 않았다.

다만 자신의 스승이자 자신에게 지금의 힘을 준 제라드와 젝토르의 소망대로 자신이 전승한 마법을 연구하고, 또 그것을 계승하여 아케인의 마도를 널리 퍼뜨리고자 하는 마음뿐이었다.

그러나 그 꿈을 펼칠 배경으로 지금의 대한민국은 사실 여러 어려움이 있었다.

포션으로 조금 상황이 나아지긴 했지만 아직도 주변국들의 눈치를 보는 것은 변하지 않았다.

희한하게도 대한민국을 둘러싸고 있는 나라들은 하나같이 강대국들뿐이니, 한순간에 대한민국이 발전할 수는 없을 것이다.

그러나 언제까지 그렇게 주변국의 눈치를 보며 살 수는 없는 일이다. 정진은 대한민국 국민들이 스스로 자신들의 조국이 강하다는 인식을 가져야 한다고 생각했다.

이런 생각에 요즘 한창 이슈가 되고 있는 타이탄을 공공연하게 대량생산하기로 결정한 것이다.

미국처럼 특정 기업을 통해 타이탄을 생산하는 것도 생각해 보았지만, 일반인이 생각하기에 미국의 기업이 만드는 것과 한국 기업이 만드는 같은 제품이라면 분명 미국의 것에 손을 들어줄 것이 분명했다.

정진 자신조차도 만약 타이탄에 관해 알지 못했다면 그렇게 생각할 수 있다고 보았다.

하지만 정부와 헌터 협회, 아케인 클랜, 그리고 대한민국 굴지의 대기업들이 모두 타이탄 생산에 참여했다고 하면 어떻겠는가.

정진은 이런 생각에서 세 그룹의 오너들과 정부 측 인사들을 불러 모은 것이다.

Chapter 8
황당한 실험

갑자기 전 세계에 광풍이 불어 닥쳤다.

바로 타이탄이란 대몬스터 병기에 관한 소식이었다.

처음 시작은 중국, 그리고 바다 건너 미국을 거쳐 다시금 아시아로 넘어와 절정을 이루었다.

중국이야 뉴 어스의 던전에서 발굴을 한 것이었지만, 미국의 경우 새롭게 자체 개발한 타이탄으로 발표되었다.

그리고 더 놀라운 것은 바로 그 두 달 후 알려진 한국의 타이탄 개발 소식이었다.

대한민국이 어디 있는지도 모르는 사람도 많았다. 포션을 수출하는 나라라고 하면 '아!' 하고 고개를 끄덕이는 정도였는데, 느닷없이 그곳에서 미국에 이어 두 번째로 타이탄을 개발했다는 것이었다.

생산에는 세계에서 어느 정도 이름이 알려진 오성 그룹도 포함이 되어 있었지만, 성대 그룹이나 신세기 그룹 같은 경우 몬스터 산업 방면에는 그리 이름이 알려진 그룹이 아니었다.

그런데 이 세 그룹이 힘을 합쳐 만든 회사에서 타이탄이 생산되고 있다는 사실이 각 국에 전해졌다. 대한민국에서는 곧 개발한 타이탄을 시연해 보이겠다고 발표하며, 짧은 동영상 한 편을 인터넷을 통해 공개했다.

각 그룹의 홈페이지를 통해 올라간 이 동영상에는 강철로 된 타이탄이 중(重)형 몬스터인 오거를 상대로 일방적인 전투를 벌이는 모습이 담겨 있었다.

— 합성이네.

— 이게 합성이라는 사람은 뭐야. 오성이랑 성대, 신세기 그룹이 짜고 사기를 친다고? 상식적으로 생각을 해라.

— 중국이랑 미국 거랑 비교해 보니까 타이탄이 맞는 거 같긴 한데, 왜 생긴 게 다를까요?

— 다른 영상들 짜깁기해서 만든 거 아님?

— 백 퍼 사기임. 우리나라에 이런 기술이 있을 리가 없

음. 딱 봐도 조작임.

영상을 본 네티즌들은 저마다 조작된 것이다, 아니다로 편을 갈라 언쟁을 벌였다.

그러나 또 다른 동영상이 추가되면서 이런 조작 의혹은 완전히 자취를 감추었다.

화제가 된 것은 바로 동영상 말미에서 나온 타이탄이 생산되는 공장의 모습이었다.

— 어, 나 저기 암. 2분쯤에, 갑주 찍어내고 있는 저기 울산 공단임. 헐, 진짜 성대에서 타이탄 만드는구나. 대박이네.

— 조작이라던 애들 다 어디 갔냐?

영상이 올라가기 무섭게, 무서운 취재 경쟁이 이어졌다.

동영상에 나온 생산 라인이 울산 공단에 있는 성대 중공업이라는 것을 알아낸 기자들은 일제히 울산으로 달려갔다.

타이탄으로 화제를 모았던 중국이나 미국은 물론, 몬스터 산업이 발달한 유럽과 일본 등 각국에서도 대한민국을 향해 촉각을 곤두세우기 시작했다.

†　　　　　†　　　　　†

　탕!

　TV를 보고 있던 이시히 지로가 테이블을 세게 내리쳤다.

　그 때문에 테이블 위에 놓여 있던 찻잔이 요란한 소리를 내며 테이블 위에 나뒹굴었다.

　쨍그랑!

　찻잔이 깨지는 통에 안에 담겨 있던 찻물이 모두 쏟아졌지만 어느 누구 하나 나서서 그것을 지적하는 이는 아무도 없었다.

　감히 누가 분노하는 이시히 지로의 앞에서 함부로 행동을 할 수 있겠는가.

　그는 이곳 일본 초인 연구소의 소장으로서, 그리고 일본의 생명공학의 아버지라는 영예를 가지고 있다. 연구소에 있는 모든 사람들은 그저 아무 말없이 고개를 숙였다.

　이윽고 눈치를 보던 사람들이 분주히 움직여 부서진 찻잔과 찻물을 치웠다.

　"馬鹿な(말도 안 되는)!"

　새로운 찻잔이 앞에 놓이고, 찻물이 식어갈 쯤에도 그는 분을 가라앉히지 못하고 계속 씩씩거렸다.

기가 차다는 듯 TV 화면을 노려보면서도 말을 잇지 못하고 있는 이유는 자명했다.

그는 몇 년 전부터 한국과 일본의 헌터 수준이 점점 벌어지는 것에 초조함을 느끼고 있었다.

개인적인 사리사욕을 채우며 자신의 맘대로 연구를 할 수 있어, 초인 연구소의 소장을 맡길 잘했다고 생각한 것도 잠시.

새로운 총리가 등극한 뒤, 초인 연구소의 직속 상부라 할 수 있는 총리실로부터 질책이 떨어지고 있었다.

기존의 총리와는 달리, 새 총리는 수없이 많은 예산을 투자하고도 아직까지 별다른 성과가 없는 점을 들며 그를 비난했다.

가장 화가 나는 것은 얼마 전 A—58을 통해 얻어낸 실적을 보고했을 때는 크게 기뻐하며 그를 엄청 치하했다는 것이다.

문제는 그러고 나서 얼마 안 있어 한국의 타이탄 개발 소식이 터져, 몬스터를 상대할 초인을 개발하겠다는 연구 목적 자체가 흔들리기 시작했다는 것이다.

정말로 초인 연구소에서 개발해 낼 초인이 타이탄보다 뛰어날까, 회의적인 태도를 보이는 이들이 정부 측에도, 연구소 내에도 생겨났다.

흡족해하던 때는 언제고, 불과 며칠 만에 태도를 바꾸는 총리의 태도에 계속 스트레스를 받고 있었다. 그리고 실제로 한국에서 공개한 영상을 보니 더 속이 터질 것 같았다.

한국에서는 4년 전부터 헌터 양성법이 시행되었다.

아케인 클랜에서 실시하는 헌터 양성 프로그램을 이수한 헌터들이 급속한 성장을 보이는 모습을 본 대형 헌터 클랜들은 자신들이 그동안 간직하고 있던 헌터 양성 프로그램을 앞다퉈 공개하였다.

마치 사설 학원처럼 아카데미가 붙어났고, 헌터가 되고자 희망하는 이들은 자신의 마음에 드는 헌터 클랜에 양성 프로그램 접수를 하면 교육을 통해 금방 라이선스를 획득할 수 있었다.

예전에는 일단 헌터 협회에 등록한 뒤, 협회에서 지정해 주는 헌터 양성소에 들어가 훈련을 수료하고, 다시 시험을 보아야만 헌터 자격증을 딸 수 있었다.

물론 자격증이 있다고 바로 몬스터 헌팅을 할 수 있는 것도 아니었다.

뉴 어스에 넘어가 몬스터를 사냥하는 헌터 중 절반에 이르는 초보 헌터들이 사냥 도중 목숨을 잃거나 부상을 당한다. 그중 30%는 헌터란 직업에 적응을 하지 못하고 포기를 하게 된다.

하지만 아케인 클랜을 필두로 헌터 양성 프로그램이 생기면서, 헌터 자격증을 따는 사람도 늘어났을 뿐만 아니라 헌팅 시작 이후 초보 헌터들이 더 쉽게 적응할 수 있게 되었다.

아카데미의 존재가 100% 작용했다고 보기는 어렵지만, 포션이 개발된 것과 여러 헌터 양성 프로그램이 생겼다는 것이 큰 영향을 주었다고 할 수 있었다.

일본에서는 한국의 성공 사례를 보고 상급 헌터들의 노하우를 모아 직접 헌터 양성 프로그램을 만들었지만, 결과는 그리 좋지 않았다.

한국의 헌터 양성 프로그램과 자신들의 헌터 양성 프로그램이 어떤 차이가 있기에 그런 결과를 가져온 건지는 도무지 알 수가 없었다. 뭔가 한국만의 비밀이 있을 것이란 생각만 할 수 있을 뿐이다.

일본은 다방면으로 한국의 비법을 알아내기 위해 스파이들을 많이 파견하였다.

실제 그 비법이란, 정진이 대형 클랜들로부터 의뢰를 받아 건설한 쉘터의 마나 집접진에 있었다.

하지만 헌터 양성 프로그램에 참여하기 위해서는 헌터 협회에 등록을 해야 했고, 프로그램을 운영하는 클랜으로부터도 확인을 받아야 했다.

때문에 일본은 스파이를 파견했음에도 불구하고 이런 비밀을 알아내지 못했다.

한편 일본은 한국과는 다른 쪽으로 초점을 맞추게 되었는데, 바로 처음 헌터가 되는 이들에게 몬스터로부터 추출한 마정석 에너지를 주입하는 부분이었다.

이것이 초인 연구소가 만들어지게 된 배경이었다.

처음에는 강한 헌터가 되고 싶은 욕망을 가진 헌터나 헌터 지망생들 중에서 자원을 받았지만, 나중에는 길거리 노숙자나 부랑자들에게 직업을 소개해 주겠다며 속이거나, 납치를 하여 실험하였다.

그 과정에서 실험을 감당하지 못한 많은 실험 대상자들이 미치거나, 심하면 죽음에 이르기도 했다.

간혹 예상 밖의 성과를 내는 대상도 있었다.

그런 존재가 바로 A—58이었다.

일본 총리 또한 초인 연구소로부터 수록된 영상을 받아, 마정석 에너지를 치사량 이상으로 투여받은 끝에 맨몸으로 중(重)형 몬스터인 미노타우로스를 잡아낸 A—58의 모습을 보았다. 영상을 본 총리는 크게 기뻐하며 이런 성과를 낸 초인 연구소와 연구 소장인 이시히 지로를 칭찬하고 격려하였다.

그런데 일본인들이 한참이나 뒤떨어진 곳이라고 생각하던 한국에서 타이탄이 개발되었다는 소식에 그 성과는 완전히 잊혀지게 되었다.

초인 연구소는 단지 마정석 에너지를 주입하는 실험만 하고 있지는 않았다.

더 강한 헌터를 만들어내기 위한 연구는 물론, 대몬스터 병기에 관한 실험도 이루어지고 있었다.

일본 또한 흰머리산 던전에서 출토된 타이탄을 한국에서 비밀리에 들여왔다.

하지만 아무리 연구를 해도 일본은 아직까지 어떤 실마리도 찾아내지 못했고, 아직도 연구는 제자리걸음을 반복하고 있었다.

그런데 이런 답답한 마음에 마치 불을 지르는 것처럼 타이탄을 들여온 그 한국에서 자체적으로 타이탄을 개발해 낸 것이다. 배알이 꼴리지 않을 수 없었다.

문책을 듣고 화가 나서 연구소로 돌아왔는데, 마침 한국에서는 타이탄 설명회를 겸한 기자회견까지 열렸다.

한참을 그렇게 분노한 표정으로 TV 화면 속 타이탄을 노려보던 이시히 지로는 고개를 돌리지도 않고 지시를 내렸다.

"실험 준비해."

이시히 지로는 어차피 타이탄 연구로는 더 이상 성과가 없다고 생각했다. 그나마 소기의 성공을 거둔 초인 프로젝트에 올인하기로 결심한 것이다.

"미노타우로스 말고, 오거로 실험한다."

"오거 말씀이십니까?"

지시를 들은 연구원이 조금 걱정스러운 표정을 지었다.

오거는 중(重)형 몬스터 중에서도 상당히 강력한 축에 속하는 몬스터다. 이전의 미노타우로스와는 비교가 되지 않았다.

"그래. 저 타이탄도 오거와 대결하고 있지 않나."

이시히 지로가 이를 갈며 말했다.

A—58은 자신이 그동안 정열을 쏟아부으며 진행한 초인 프로젝트의 결과물이다.

방금 전 본 TV 속 영상에서는 타이탄 백두가 중(重)형 몬스터인 오거를 상대하고 있었다.

그렇기에 자신도 A—58을 오거와 대결을 시키기로 결심을 한 것이다.

만약 성공을 한다면 굳이 타이탄이 없어도 중(重)형 몬스터를 상대할 수 있게 된다.

그야말로 인간 병기가 탄생하는 셈이다. 타이탄이 개발되었기에 오히려 그 성과가 더욱 빛나리라.

그렇게 생각하며, 이시히 지로는 앞에 놓인 찻잔을 거칠게 집어 던졌다.

와장창!

요란한 소리와 함께 깨진 찻잔 조각이 바닥에 나뒹굴었다. 찻물을 뒤집어쓴 TV 화면이 지직거리며 당당히 서 있는 타이탄의 모습이 흐려졌다.

✝   ✝   ✝

실험실 의자에 앉아 있던 A—58은 고개를 숙인 채 두 손으로 머리를 감싸고 괴로워하고 있었다.

언젠가부터 잠이 들면 꿈을 꾸기 시작했다.

그 꿈속에서 자신은 커다란 맹수에게 산 채로 잡아먹히고 있었다.

언제나 맹수의 입속에 들어가기 직전에 잠에서 깨어났다.

그러고 나면 온몸이 식은땀으로 범벅이 된 채 잠에서 깨어났고, 일어난 뒤에도 마치 몽둥이로 두들겨 맞은 것처럼 전신이 아팠다.

그뿐만이 아니었다. 몸에서 느껴지는 고통에 어느 정도 적응될 때쯤이면 머릿속에서 마치 딱따구리가 쪼는 것처럼 아파왔다.

하지만 연구소의 의료진이나 자신의 담당인 루코에게 말을 해도 잠시 검사를 해보고는 금방 아무런 이상이 없다는 답변을 할 뿐이었다.

피곤해서 그러는 것이니 조금 쉬면 금방 좋아질 것이라고 하였다.

그렇지만 증세는 점점 심해져 가고 있었다.

이제는 잠을 자지 않는데도 두통이 밀려왔고, 더 이상 의무실에서 주는 두통약은 듣지 않았다.

지금도 두통이 밀려와 움직이지도 못하고 있었다.

"으윽! 으아악!"

급기야 그는 두통을 참을 수가 없어 비명을 질러보았다.

조금 가시는 듯하던 고통은 금방 다시 닥쳤다. 도저히 참을 수 없었다.

"안 돼!"

머리를 감싸고 고통을 참아보려던 그는 갑자기 비명을 지르며 소리를 지르기 시작했다.

시간이 지날수록 그의 비명은 단순한 고통스러운 신음이 아닌, 뭔가를 호소하고 두려워하는 듯했다. A—58은 온몸을 사시나무처럼 떨며 고통스러워했다.

"으으으……."

얼마나 떨었을까. 시간이 지나자 죽음처럼 찾아왔던 두통이 언제 그랬냐는 듯 사라졌다.

하지만 A—58은 여전히 바닥에 쓰러져 있었다.

너무 심한 두통에 오랫동안 몸에 힘을 주고 있었더니 더 이상 몸에 힘이 들어가지 않았다. 자리에서 일어날 힘조차 사라진 그는 조금 힘이 돌아올 때까지 계속 의무실 바닥에 쓰러져 있었다.

한참을 쓰러져 있던 A—58은 간신히 몸을 일으켜 의자에 앉았다.

곧 의무실 문이 열리고, 오보카타 루코가 들어왔다.

"태랑, 오래 기다리게 해서 미안해요."

루코는 사과를 하고는 A—58에게 다가가 그의 입술에 키스를 했다.

하지만 A—58은 멍한 눈으로 조용히 의자에 앉아 있을 뿐이었다.

그런 A—58을 루코는 의아한 눈으로 쳐다보았다.

항상 자신이 이렇게 먼저 다가가 키스를 하면, 마치 신호처럼 그는 바로 자신의 가슴 쪽으로 손을 내밀었기 때문이다.

오보카타 루코는 그를 통제하기 쉽게 만들기 위해 아기 수준으로 자아를 퇴행시켰다. A—58의 이런 반응은 마치 아기가 본능적으로 엄마의 젖을 찾아 손길을 뻗는 것과 같은 자연스러운 것이었다.

다만 지능은 아기의 수준이지만 몸은 성인이기에, A—58의 머릿속에는 본능과 이상이 혼재되어 있었다.

루코가 그런 A—58을 통제하기 위해 사용한 또 다른 방법은 바로 자신의 육체를 이용하는 것이었다.

루코는 소장과 몇몇 자신에게 도움이 되는 연구원들과는 아직도 관계를 유지하고 있지만, 그들에게서 채우지 못한 욕구를 언제나 A—58를 통해 채우고 있었다.

오늘도 당연히 A—58이 실험을 하기 전 언제나 그렇듯 자신을 찾을 것이란 생각에 기대를 하고 있었는데, 정작 아무런 반응이 없자 그녀는 이상함을 느꼈다.

"오늘 어디 안 좋은가요? 실험을 취소할까요?"

루코는 A—58의 평소와 다른 반응에 걱정스러운 눈으로 그에게 물었다.

하지만 그녀가 걱정을 하는 것은 다른 것이 아니었다.

사실은 반대로 만약 A—58의 입에서 정말로 자신이 방금 물어본 것처럼 실험을 미뤄달라는 말이 나올까 걱정스러웠다.

A—58의 담당이 바로 자신이었기에 그가 컨디션이 좋지 못해 실험을 하지 못하게 되면 그건 전적으로 자신의 책임이었다.

그렇게 책임 소재를 따지게 되면 결코 자신에게 좋을 것이 없었다.

현재 연구소 내에서 소장 다음으로 잘나가고 있는 그녀였다.

A—58의 성공으로 주가가 올라간 그녀를 시기하는 동료 연구원들이 한둘이 아니다. 그중에는 그녀와 관계를 맺었던 수석 연구원도 있었다.

지금 자칫 틈을 보였다가는 A—58의 담당 연구원 자리에서 밀려나 나락으로 떨어질 수도 있다. 그것만은 절대 있을 수 없는 일이었다.

루코의 물음에 A—58은 가만히 고개를 흔들었다.

루코는 속으로 다행이라 생각하면서도 입으로는 계속해서 그를 위로했다.

"몸이 좋지 않으면 실험은 뒤로 미루면 돼, 나 때문에 억지로 할 필요 없어."

루코가 말했지만, 언제나와 달리 A—58은 조용히 팔을 그녀의 앞에 내밀었을 뿐이었다.

언제나 실험 전에 맞던 주사를 놓으라는 표시였다.

이상한 일이었다. 언제나 고통스러운 부작용을 불러오는 주사를 맞기 싫어해서 꼬드기고 달래야만 했는데, 자진해서 맞겠다고 하는 것은 처음 본다.

루코는 그런 A—58의 반응을 이상하게 여기면서도, 조용히 책상 위에 놓은 주사기를 들어 올렸다.

"크으윽!"

얼마 전 미노타우로스와 맞붙게 한 실험에서는 헌터들이 맞는 양의 2배인 60㎖를 초과한 65㎖를 주사했다. 하지만 이번에는 그보다도 5㎖ 더 많은 70㎖를 주사하였다.

그런데 부작용으로 인한 고통에 신음하면서도 A—58은 상당히 잘 버티는 모습이었다.

조금 전 루코가 들어오기 전 겪은 두통에 비하면 참을 만한 고통이었기 때문이다.

그런 A—58의 반응에 루코는 눈을 반짝였다.

얼마 전 65㎖를 주사한 것 때문에 너무나 고통스러워하던 것을 생각하면 얼른 이해하기 어려운 반응이었다.

'벌써 적응을 했다는 말인가?'

루코는 A—58의 반응에 놀라며 그런 생각을 하였다.

지금까지 그녀는 이곳 초인 연구소에서 많은 실험 대상들을 상대로 마정석 에너지를 주입했다.

그러나 그들 중 A—58만큼이나 마정석 에너지에 잘 적응한 대상은 어디에도 없었다.

A—58에 가장 근접한 실험체도 50㎖가 한계였다.

그는 일본의 차세대 헌터 유망주였지만, 뒤를 보아줄 배경이 약해 성장이 느렸다. 그래서 빠르게 성공하려는 욕심에 실험에 참가했지만, 실험에 적응을 하지 못하고 폐인이 되어버렸다.

마정석 에너지로 인해 장기가 망가졌고, 과도한 호르몬 분비로 인해 세포가 돌연변이를 일으켰다.

즉, 정상 세포가 모두 암세포가 되었다는 말과 진배없었다.

돌연변이가 된 그는 더 이상 인간이 아닌 고깃덩이에 불과했다.

하지만 초인 연구소에서는 그렇다고 해서 그를 풀어주지도 않았다.

오히려 돌연변이가 되면서 그의 인생은 더욱 비참한 최후를 맞게 되었다. 아직까지도 살아 있는 그는 이곳 초인 연구소를 벗어나지 못한 채, 각종 실험의 마루타가 되어 있던 것이다.

그런데 A—58은 벌써 65ml에 적응을 했을 뿐만 아니라, 70ml를 주사했는데도 전보다 더 적응이 빠르다.

"어디 아픈 곳은 없나요?"

루코는 조심스럽게 그에게 물었다.

A—58은 대답 대신 고개를 끄덕였다.

루코는 어떻게 반응해야 할지 갈피를 잡을 수가 없었다.

오늘따라 A—58이 평소와 다른 반응을 보이는 것에 꺼림칙한 기분이 들었다.

하지만 정확히 무엇이 꺼려지는지 콕 집어 말을 할 수도 없었다.

만약 지금 루코가 A—58의 눈을 보았다면 금방 무엇 때문에 자신이 그런 느낌을 받았는지 깨달았을 것이다.

흐릿하던 초점이 돌아온 눈은 어딘가 깊어져 있었다.

하지만 평소와 다른 A—58의 반응을 해석하기 위해 생각에 잠긴 루코는 그런 A—58의 변화를 미처 알아채지 못했다.

✝   ✝   ✝

수 분 전.

'난 누구지?'

의무실에 혼자 남아 있던 A—58은 잦아든 두통에서 깨어나며 문득 스스로에게 질문을 던졌다.

원래는 늘 그런 의문이 들다가도 금방 잊혀졌다.

하지만 오늘은 계속해서 그 생각이 머릿속에서 지워지지 않았다.

조금 전 두통이 있기 전, 꿈속에서 보았던 무서운 짐승의 모습이 다시 생각났다.

"태랑, 오래 기다리게 해서 미안해요."

어느새 들어왔는지 루코가 자신을 향해 사과했다. 하지만 그는 조용히 생각에 잠겨 있었다.

쪽!

그녀가 키스를 해왔지만 A—58은 계속해서 머릿속에 떠오르는 생각에 아무것도 할 수 없었다. 결국 그는 아무런 반응도 보이지 않았다.

그리고 조용히 팔을 내밀었다.

어차피 예정된 실험을 취소하는 일은 없다는 것은 그동안의 경험으로 충분히 알고 있었다.

그러니 루코가 지금 하는 말은 아무 의미가 없었다.

어떻게 하든 주사를 맞게 될 것이라면 더 말을 섞을 필요 없다고, A—58은 생각했다.

"크으윽!"

다시 고통이 밀려왔다. 하지만 조금 전에 느낀 두통에 비하면 이번에는 좀 참을 만했다. A—58은 얼굴을 찌푸리며 짧은 신음을 한 번 내뱉었을 뿐이었다.

고통을 참아내는 모습을 본 루코가 놀라는 표정을 지었을 때는 속으로 작은 희열이 느껴지기도 했다.

수 분도 지나지 않아 고통은 사라졌고, 몸에 활력이 느껴지기 시작했다. 기분 같아서는 얼마 전 대결을 벌였던 미노타우로스가 아니라 더 강력한 몬스터라도 때려잡을 수 있을 것 같았다.

어디서 온 자신감인지는 모르겠지만, 지금은 이 고양감을 견딜 수 없었다. 이미 조금 전 뭔가 고민하고 있었다는 사실도 잊은 A—58은 그저 막연히 실험을 빨리 했으면 좋겠다는 생각이 들었다.

"오늘은 어떤 몬스터?"

그는 평소와는 달리 먼저 오늘 대결할 몬스터가 무엇인지 물었다.

루코가 눈을 동그랗게 뜨며 놀란 눈으로 A—58을 쳐다보았다.

✝   ✝   ✝

"후……."

A—58은 홀로 넓은 대지에 서서 심호흡을 하였다.

초인 연구소가 있는 곳은 후지산 자락의 어딘가였다. 콧속으로 밀려든 대자연의 맑은 공기가 폐를 정화하듯 가득 들어찼다.

하지만 그것도 잠시, 맑은 공기는 몸속에 있던 오염된 찌

꺼기와 함께 몸에서 빠져나갔다.

그러기를 몇 번이나 반복하던 그는 고개를 돌려 저 멀리 높은 담장 위에 설치된 카메라를 힐끗 쳐다보았다.

너무도 멀리 떨어져 있지만, 에너지를 주사 받고 강화된 그의 눈에는 그 모습이 또렷하게 들어왔다.

그 너머 숲속에 자리한 콘크리트 건물의 모습도 보였다. 외부의 시선을 피하기 위해 잘 위장이 되어 있었지만 그의 눈을 피할 수는 없었다.

무슨 생각을 했는지 A—58은 저 멀리 숲속에 자리한 초인 연구소의 컨트롤 타워를 잠시 주시하다, 이내 시선을 돌렸다.

그그그긍!

시선을 돌리기 무섭게 예전에 보았던 그 우리가 바닥에서 올라오는 모습이 보였다.

케이지 안에는 털로 뒤덮인 거대한 물체가 웅크리고 있었다.

'뭐지?'

몬스터의 모습을 본 A—58이 고개를 갸웃거렸다.

뭔가 미노타우로스 때하고는 반응이 달랐다.

미노타우로스는 강철로 만들어진 케이지가 지상으로 올라오기 무섭게 괴성을 지르며 날뛰었는데, 지금은 마치 잠을 자는 것처럼 몸을 웅크리고만 있었던 것이다.

몬스터를 대상으로 실전을 벌여야 하는데 케이지 안에 있는 몬스터가 싸울 생각은 없이 잠을 자고 있다니.

A—58은 어떻게 해야 할지 감을 잡기가 힘들었다.

쿵!

곧 케이지의 문이 열렸다. 그럼에도 안에 들어 있던 몬스터는 아무런 움직임을 보이지 않았다.

'경계하고 있는 건가?'

A—58은 조심스럽게 그것에 접근을 하기 시작했다.

어찌 되었던 몬스터는 살아 있었다. 배가 규칙적으로 오르락내리락하는 모습이 멀리서도 그의 눈에 선명하게 들어왔다.

살아 있는 몬스터라면 그것을 사냥해야 한다는 생각에 A—58은 의심스러운 얼굴로 조심스럽게 케이지 쪽으로 다가갔다.

일이 터진 건 케이지의 전방 3m 정도까지 접근했을 때의 일이었다.

마치 사냥감을 기다리던 포식자가 기습을 하듯 순식간에 몬스터가 눈앞까지 덮쳐 왔다.

"큭!"

그는 깜짝 놀랐다.

설마 몬스터가 탁 트인 공간에서 상대가 방심을 하게 만들어 기습을 할 것이라고는 상상도 하지 못했다. 경악성을 터트린 것은 카메라 너머의 지켜보는 사람들도 마찬가지였다.

하지만 놀라운 것은 놀라운 것이고, 생존을 위해선 몬스터의 기습을 막거나 회피를 해야 했다.

A—58은 자신을 덮쳐 오는 몬스터를 확인하자마자 바로 몸을 오른쪽으로 날리며 몬스터의 공격을 회피했다.

콰앙!

너무도 간발의 차이로 몬스터의 주먹이 그가 있던 곳을 부수며 지나갔다.

몸을 날림과 동시에 자신이 있던 자리로 몬스터의 주먹이 지나간 것을 확인한 그는 조심스럽게 몬스터의 모습을 눈에 담았다.

'오거!'

그의 눈앞에 있는 몬스터는 중(重)형 몬스터의 대명사로 불리는 오거였다.

오거의 키는 눈 대중으로만 봐도 A—58의 3배는 넘어 보였다.

오거는 보통 4~5m 정도의 크기를 가진 몬스터다.

하지만 일반적으로 그렇다는 것일 뿐, 개중에는 8m까지

자라는 놈도 있다. 몬스터 중에는 돌연변이가 많다. 오거 역시 팔이 네 개인 놈이 있는가 하면 머리가 두 개인 놈도 있었다.

이런 돌연변이 오거의 경우 정상인 오거에 비해 월등한 전투력을 가지고 있다. 특히나 머리가 둘 달린 오거의 경우 트윈헤드 오거라 불리며 몬스터치고는 무척이나 지능이 뛰어난 편이어서 드물게 마법을 사용하는 놈까지 있다고 한다.

케이지 안에서 나온 오거 역시 이런 돌연변이 중 하나인 모양이었다.

구부정해서 그렇지 허리를 펴면 더 클 듯했다.

'그냥 오거가 아니다. 자이언트 오거다.'

지금 자신의 눈앞에 있는 오거가 보통 평범한 오거가 아니라 자이언트 오거란 것을 확인한 A—58의 안색이 보기 싫게 죽어갔다.

'제길!'

자이언트 오거는 이전에 상대했던 미노타우로스와는 질적으로 다른 몬스터다.

같은 중(重)형에 속하지만 미노타우로스 정도는 자이언트 오거에게는 한 끼 식사거리 정도에 불과한 존재였다.

일반 오거도 미노타우로스보다 더 강한데, 돌연변이로 더욱 거대해진 자이언트 오거는 말해 무엇하겠는가. 일반적으로 자이언트 오거의 전투력은 평범한 오거 서너 마리만큼이나 강력하다고 알려져 있었다.

실제로 세계 헌터 협회 자료집에는 자이언트 오거 한 마리가 미노타우로스 다섯 마리를 사냥해서 잡아먹는 것을 목격했다는 보고도 있었다.

그런데 지금 눈앞에 그냥 오거도 아니고 자이언트 오거가 떡하니 나타난 것이다.

한편 케이지 안에 있던 몬스터가 자이언트 오거라는 사실이 드러나자 저 멀리 컨트롤 타워 안에서도 난리가 났다.

오늘 예정된 실험은 오거와의 대결이다.

그런데 갑자기 예정에도 없던 자이언트 오거가 나온 것이다.

레벨2 정도의 시험을 하려고 했는데, 느닷없이 레벨4가 나왔으니 당연 난리가 날 수밖에 없었다.

그러거나 말거나 A—58은 자신을 노려보는 자이언트 오거를 어떻게 상대를 할 것인지 계속해서 머리를 굴렸다.

하지만 도무지 어떻게 상대를 해야 할지 감이 오지 않았다.

다른 몬스터도 아니고 힘의 대명사인 오거의 업그레이드

판인 자이언트 오거다.

그 힘만은 중(重)형 몬스터의 끝판 왕이라 평해지는 싸이클롭스에 비견될 정도다.

자이언트 오거의 공격을 아주 조금이라도 허용을 하게 된다면, 아무리 A—58이 엄청난 마정석 에너지를 주입받아 강력한 힘을 가지고 있다고 해도 견딜 수 없었다.

덩치부터가 다른 데다가, 아무리 강화되었다고 하지만 인간의 몸으로 자이언트 오거의 공격을 받아내기란 무리였다.

쿵!

휘익!

A—58은 필사적으로 자이언트 오거의 공격을 회피했다.

자이언트 오거의 주먹이 땅을 내려칠 때마다 청석으로 된 단단한 바닥이 깨어지며 수없이 많은 금이 생겼다.

휘익!

삭!

크아!

그렇다고 A—58이 도망만 다니는 것은 아니었다.

자이언트 오거의 공격을 회피하면서 간간이 빈틈을 노려 공격을 하였다.

하지만 그런 A—58의 공격이 좋은 결과를 불러오지는

헌텔 프론티어

않았다.

계속해서 얕은 상처만 입다 보니 오히려 자이언트 오거의 성질만 더욱 긁어놓게 된 것이다.

크아악! 우웍!

쾅! 쾅!

자이언트 오거는 흥분한 듯 주먹으로 제 흉부를 북처럼 마구 두드리곤, A—58을 노려보았다.

자신의 몸에 상처를 냈으니 가만두지 않겠다는 것 같았다.

쿵! 쿵!

가슴을 두드리던 두 손으로 땅바닥을 두어 번 내려치고는, A—58이 그것에 물러서는 기색이 없자 더욱 화가 난 듯 빠르게 달려들었다.

하지만 이미 긴장을 하고는 준비를 하고 있던 A—58은 마치 투우사처럼 자이언트 오거의 오른쪽으로 몸을 굴리며 피했다.

"헉! 헉!

전투가 시작이 된 지 불과 10분도 되지 않지만 A—58은 무척이나 지친 상태였다.

'이대로 가다간 가망이 없다.'

A—58은 어떻게든 방법을 찾기 위해서 머리를 굴리기

시작했다.

하지만 그것은 뜻대로 되지 않았다.

무식해 보이는 생김새와는 다르게 오거는 무척이나 사냥에 능숙한 몬스터였다. 숲속에서는 아주 은밀하게 먹이에 접근을 하여 한순간에 잡아먹고, 함정을 파는 등 노련한 사냥 기술을 보인다.

그리고 그건 자이언트 오거 또한 마찬가지였다.

보이는 것보다 자이언트 오거는 더욱 똑똑했다.

A—58은 어떻게든 상황을 타개하고자 여러 가지 시도를 계속하고 있었지만, 자이언트 오거에 의해 번번이 수포로 돌아갔다.

A—58의 체력은 더욱 빠르게 소진이 되었다.

그리고 그것은 그야말로 자이언트 오거가 의도한 바였다. 지친 사냥감은 더 손에 넣기 쉬우니까.

'이대론 안 돼!'

하아! 하아!

이미 숨은 턱까지 올라왔지만 이대로 포기할 수는 없다.

턱!

"억!"

막 뭔가를 생각하던 중 A—58은 뭔가 자신의 몸을 옥쥐는 느낌을 받았다.